這一世我們同路的證據

— 影像回顧現代詩題集

陳 福 成 著

文 學 叢 刊
文史哲出版社印行

國家圖書館出版品預行編目資料

這一世我們同路的證據：影像回顧現代詩題集 / 陳福成著.-- 初版 -- 臺北市：文史哲, 民 109.06
頁； 公分. --（文學叢刊；421）
ISBN 978-986-314-512-7（平裝）

863.51 109007956

文學叢刊 421

這一世我們同路的證據

— 影像回顧現代詩題集

著　者：陳　福　成
出版者：文　史　哲　出　版　社
http:// www.lapen.com.tw
e-mail：lapen@ms74.hinet.net
登記證字號：行政院新聞局版臺業字五三三七號
發行人：彭　正　雄
發行所：文　史　哲　出　版　社
印刷者：文　史　哲　出　版　社
臺北市羅斯福路一段七十二巷四號
郵政劃撥帳號：一六一八〇一七五
電話 886-2-23511028 · 傳真 886-2-23965656

定價新臺幣五四〇元

二〇二〇年（民一〇九）六月初版

ISBN 978-986-314-512-7　10421

這一世我們同路的證據

——影像回顧現代詩題集

目　次

證據2：二〇〇八江西行……四九

證據11：台大登山會……二五一

序詩：這一世我們同路的證據

我們

九一一事件不值一提
三一一海的憤怒不值一說
但我們
是春秋之正史
有春秋史官握其巨椽
忠實記錄
我們的身影腳印
我們的春秋大業
我們心心相印的詩話和酒話

這是此生我們同路的證據
鐵證如山

鐵證

黃昏六老加X是神仙小圈圈
二〇〇八江西行去找彭祖
二〇〇九重慶成都去找根
二〇一〇山西陝西行建設兩岸小橋
二〇一一河南山西釀造統一空氣
二〇一四北京天津行向王師致敬
台大教官聯誼會是新戰場
台大秘書室志工練習當菩薩
台大退休人員聯誼會是台大人的小花園
台大閒情找尋校園的美感
台大登山會詮釋山岳的價值

中國全民民主統一會當然搞統一
佛緣，學佛以提昇人生境界
洪門，喚醒中國民族主義加速統一進程
天帝教，上帝加持中國統一之努力
左營參訪拉法葉是緣起一春天
華國緣，我們生命中一段快樂佳話
文學的因緣，使永恆成為可能
帶著吉他去流浪、北京，享受孤寂
斬妖除魔，斬除南蠻荒島之妖魔
許多證據的起點，許多因的種植
一切有為法，如夢幻泡影，是宇宙實相

長路漫漫

你仍持續走路
勇往前行

早晚散步時覺得孤獨嗎？
想想，有日月星辰小鳥伴你散步
蟬鳴山風百花陪你談心
還有我們大家想著你
期待著再相聚，一同高歌朗笑
你不寂寞，勇往前行

也許，今夜，你獨自賞月
你心中一陣陣浪潮
許多死去的往事又活了
光陰一年年無情無義的溜走
以為青春可以永駐，溜得最快
以為中年跑得慢，它卻正在加速中
真是嚇死人了
別怕，長路漫漫，勇往前行

一切有為法

這一世你我同行
我們看到了些什麼
山河大地、藍天白雲都是真誠的
你我的酒話詩話都是一種愛
此外我們也看到蟑螂、鼠輩、肥貓……
滿朝狼犬、鱷魚、禿鷹……
你賞觀黃昏的心又開始不平靜
你的世界變色了
於是，我們鼓起一顆已不是很有力的心
乘著春秋大義的浪潮
參與斬妖除魔的行列
總覺得成效有限
妖魔一直在壯大中

勿驚，中國史自有一定的走向
分久必合，合久必分
只願這次合了永不再分
其中有甚深因緣
非人能知，唯佛能知
我們只要用心記悟佛言
一切有為法，如夢幻泡影
如露亦如電，應作如是觀

台北公館蟾蜍山萬盛草堂主人
陳福成記　於二〇一九年八月

證據 1：黃昏六老加四

誰是老大

他，在你不知不覺中
吃掉你半壁江山
你在此岸掙扎
用黃昏引誘彼岸勿來
但，他是老大
誰掙得過他

都是愛

我們的船航行太久了
許多愛之痕
痕痕相聚
另有船自彼岸開來
船的行腳
留下一聲嘆息
不論此岸彼岸
都是愛過的紀念

蟲洞心事

心事如煙
從蟲洞解放出來
連接兩個世界
兩個縹緲的世界
世界上那一種煙
是清楚明白的
蟲洞何在
心事仍在五臟
糾纏著

胸中浪潮

我們喝酒
胸中掀起浪潮
小島發瘋
大地分裂
我等無力安天下
只讓浪潮沖垮天下
一杯酒下肚
浪潮掀得更高
天下，垮下來

人生煙雨

生命總在煙雨中
緲緲縹縹
有風有雨有浪潮
在失落中浪漫
與這奇女子在煙雨裡
纏、綿
煙雨人生
乘願再來

時間停格

光陰的腳步
在此停格
咔的瞬間
時間和光被截斷
隱約中
瀟灑的琴影
找到安頓的因緣
成美麗的回憶

當我們在一起

吽
我們哼著、唱著
對牛彈琴
快樂在一起
把青春燒得火紅
讓歲月晶瑩閃亮
現在我們仍在一起
吽！把黃昏燒得通紅
閃亮半個天空

何年何月了

吽！一月月過
寒暑亦過
不知現在何年何月了
牛有表達想法的權利
是一個朝代之末世
亦是新朝代將臨
殺聲遠去
我也好耕田
靜聽琴樂

開示

偶遇一友
請我開示
我彈琴示意
一花一世界
你是更大的世界
我怎能向一個世界開示
世界與世界間
只有想像的蟲洞

我的筆

我以琴為筆
建構一座山
永不倒下
我的音如利劍
可刺穿一切楯
我的筆是變形金鋼
是智者
從不誤判

我的琴音

我撥弄的琴音
流成長江黃河之水
凝結為五岳
在神州之高山流水平原
成長壯大五千年
醞釀出一種
無尚大法
名曰：中華文化

想一個人

枕他入夢
夢是多麼甜美
散發愛的芳香
鐵定是日有所思
夜有所夢
一切在無言中
就讓夢掀起高潮
在歲月天空裡
盡情翻飛

送別

短暫一聚
就此告別
我揮一揮手
送你走
我不揮手
亦送你走
你是遠航的行船
只留下你的墨寶
是我心中的寶貝

因緣是夢中煙雨

迷離的夢裡
下著迷離的小雨
飄著迷離的煙
有一種感覺如煙雨
總是在煙雨人生的路途
纏、綿
那是什麼
唯佛能知

見面

許久以來，我們
活在不同世界
經由蟲洞
問早道好
未見你的笑容
現在我們相見
瞅一眼
秋水紅了
心花漣漪朵朵開

約會

什麼風把你吹來的
難到大家心想事成
昨夜織著共同的夢
夢境繚繞的
一樣的約定
今日乃有此行
因為想念
從來是真誠的

驀然回首

風雨來過已過
八卦發過
浪潮在心中洶湧過
如夢如幻
旅程依然闖過
驀然回首
無所從來
亦無所去
只留感恩在心頭

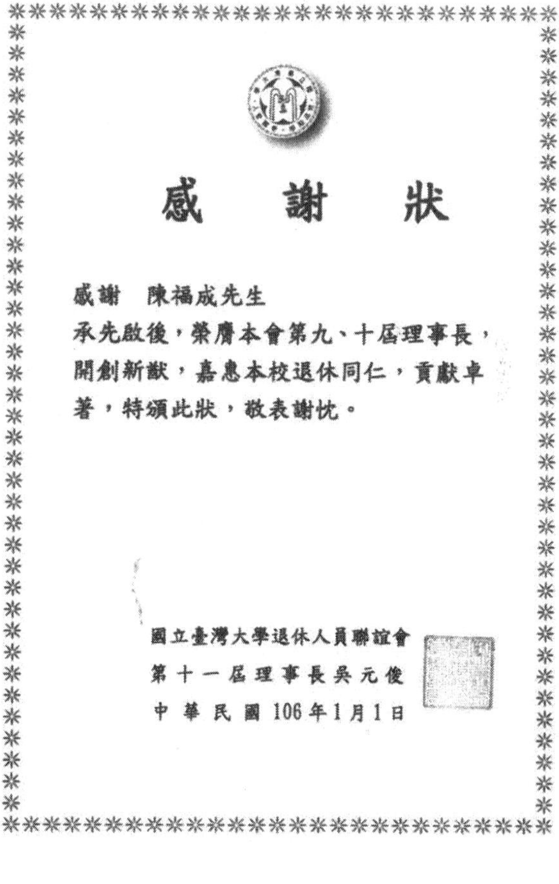

感　謝　狀

感謝　陳福成先生
承先啟後，榮膺本會第九、十屆理事長，開創新猷，嘉惠本校退休同仁，貢獻卓著，特頒此狀，敬表謝忱。

國立臺灣大學退休人員聯誼會
第十一屆理事長吳元俊
中華民國106年1月1日

一片葉子的想法

一片葉子在想什麼
首先是生存問題
得到陽光空氣水
其次要爭得廣闊天空
讓自己活得自在
修行是必要的
形體雖遲早枯黃飄落
我心不生不滅
從此涅槃

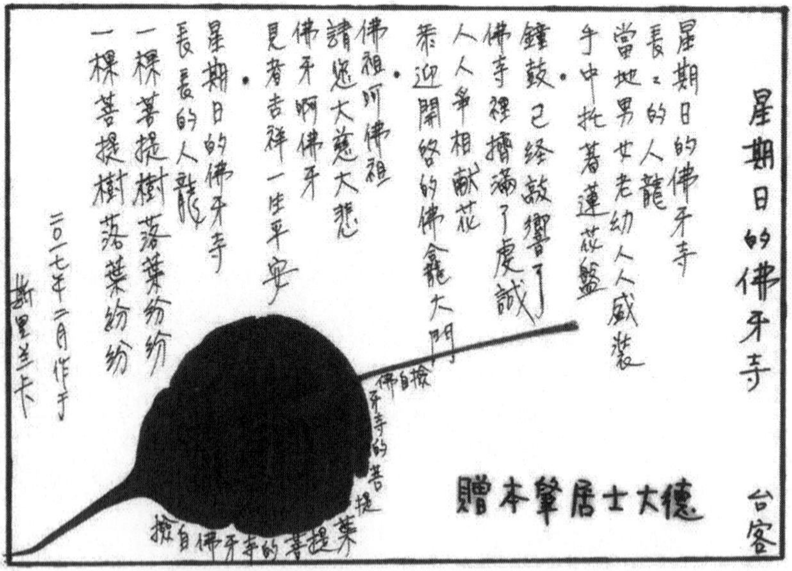

再回首

驀然再回首
台大這段因緣
是生涯之外
意想不到的路
多少感受到
路途上清風明月
因為有你
我心溫熱
一輩子冷不下來

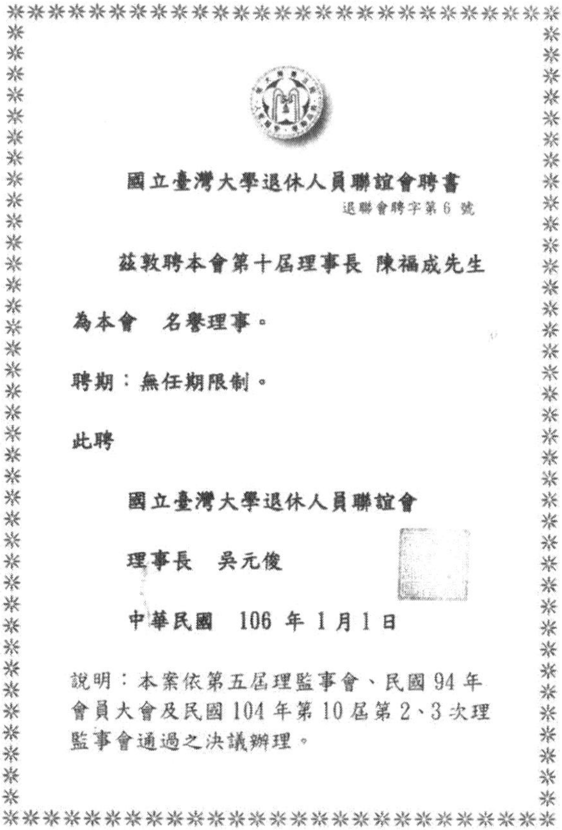

國立臺灣大學退休人員聯誼會聘書

退聯會聘字第 6 號

茲敦聘本會第十屆理事長 陳福成先生

為本會　名譽理事。

聘期：無任期限制。

此聘

國立臺灣大學退休人員聯誼會

理事長　吳元俊

中華民國　106 年 1月1日

說明：本案依第五屆理監事會、民國 94 年會員大會及民國 104 年第 10 屆第 2、3 次理監事會通過之決議辦理。

你說有光，就有光

別相信神話
相信你自己
你說有光，就有光
你說黑暗，就黑暗
你快樂，世界都快樂
相信你自己
別再去相信神話
你連自己都不相信
誰能相信你

是你創造世界

別相信神話
說神創造這個世界
真是騙死人不償命
相信自己
是你創造了世界
你活著世界才活著
你死了，世界也死
所以相信你自己
你在才有世界

無題（一）

似縹緲在虛空
瞬間看見迴光一閃
照見山的存在
恆久不倒
孤寂在午夜織夢
殘留的落葉
飄落凡塵
並入土
上合天心

無　題（二）

很想剝開一朵花的
層層花瓣
外面世界沒有土壤
空氣水欠佳
在自己不冷不熱的
土壤種花
只開出一朵
營養不良的花
無花瓣可剝

當我們老在一起（一）

我們為什麼老在一起
這道理很簡單
物以類聚嘛
看看每個人
他才一十八
她是一十六
你有二十多吧
而我不到三十
年輕的和青年的在一起

當我們老在一起（二）

為什麼我們老在一起
有個重要原因
是要把錢花掉
大家都知道
人為財死，鳥為食亡
所以錢是大問題
要處理掉
錢花掉，問題沒了

當我們老在一起（三）

我們老在一起
為共同創造黃昏美景
一人賞花不如二人同賞
獨樂樂
不如眾樂樂
千山不獨行
黃昏依然燦爛
夕陽好美
晚風清涼

證據 2：二〇〇八江西行

想入非非

想一個人
是什麼感覺
當年牽著妳手
為保持手心暖意
我百年不洗手
想夢非非
枕妳入夢

存在主義

女人以美證明存在
男人以行論證存在
政客以騙刷存在
想存在的
就起來打倒存在
不思不動者
皆不存在
我和彭公到此一遊
證明存在的我們

陳公移山

有兩座這樣的天柱山
橫空阻絕在我心中
多少年了
我很想移山
探索移山心法的可能
直到我來江西三清山
才走一半
我心就清空了
山自己移走的

一醉方休

我們為追求一個真
身心靈皆真純
必須醉
醉了世界才真實
妳沒醉過
焉知真的縹緲之美
現在，我們
一醉方休

我們現在十七歲

青春擠成一團
燦爛的溫度可以點火
聊八卦說是非
勁道如長江黃河水
展演熱騰騰的青春
笑聲振翅破白雲
追逐藍天
在腦海中一一浮現
因為我們才十七歲

感覺癢癢

這種感覺很久了
一顆心老是跳動
靜不下來
越想要個安頓
越是癢癢
不是存在主義的癢
是浪漫主義的癢
看樣子得找她
拿解藥

再回首

再回首望望
要望哪一天
三界二十八重天
回憶太深太重太複雜
那些天
每個天是一浩瀚宇宙
回首
我的天

幻境如詩

這是幻化的中國傳統詩
不是現代詩
意象迷離
意境空靈
這才是詩人的國土
如夢如幻入詩
這詩
將永恆不朽
如山頂立

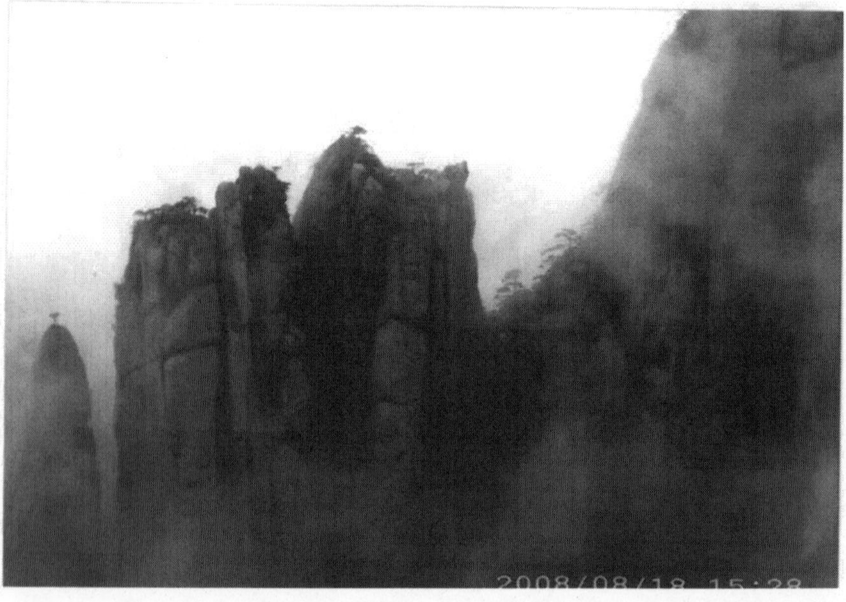

一無所有亦不缺

吃得粗糙
睡得好飽
到處跑跑
窗外的世界太黑了
戰火永不息
權謀打敗進化論
我在動亂中自在
我一無所有
亦不缺

地球嘆息

已經50億歲的地球
白髮幾萬丈
洗一次頭髮用的洗髮精
足以毒化太平洋
我夢見地球嘆息
幹麻活那麼老
害人害己
又毒死一個星球

走走人生

北窗夜話
南窗小語
西窗獨白
就等最後的
東窗事發
人生就是這麼回事
餓了吃睏了眠
東西南北走走
此岸到彼岸

她釣什麼

我在這裡
釣取一片黃昏
有一種暖意
釣了上來
那些浪漫唯美
紛紛浮現
但不知她
要釣取什麼

一家人見面（一）

說是一家人
隔半世紀見面
太不像話了
才一見到
兩個不同的世界
蟲洞醒了
不久融合為一
我們都是中華民族
共創中國夢

一家人見面（二）

說來見面也神奇
我說笑話你懂
你的笑話我懂
我們竟有共同語言
共同的夢境
共同的風花雪月
共同的李杜三蘇
我們要共創
中國人的廿一世紀

彭公走山

彭公一把年紀
不怕大山
他啓動念力
叫山擺好姿勢
不准亂動
彭公走上山又下山
山，服服貼貼
他，老神在在

解放心靈

此刻我們在曉起村
感覺解放了
整個人輕飄飄
東逛逛西走走
讓晨光洗淨身心
心靈放飛
捕捉這瞬間與起的
因緣
好典藏不滅

島與島的距離

你是一座孤獨的島嶼
離最近的島多遠
有如此岸到彼岸
都是未知數
你不動如山
各島會漂移
距離會越來越遠
你漂向邊陲
成了孤島

和俊歌一起遛

大家都想和俊歌遛
和俊歌遛
不會一個人迷路
兩個人遛好處多
迷路也不怕壞人
事實上我以前
常找不到方向
自從和俊歌遛
人生有方向

和台客遛

偶爾和台客遛
台客人面廣
全中國各省有粉絲
好處就不多說了
和台客遛
如沐春風
在他身上
沒有過熱的夏天
也沒有太冷的冬季

友誼

有一個純悴世界
只有陽光沒有黑夜
所見皆青青草原
永不乾涸的情誼
清涼如水
大家在溪邊玩耍
不起風浪
純悴的世界
是個自在惜緣的世界

一朵花的想法

當然就是要
每天打扮得水水的
穿的美美
百日紅太短了
要用神奇的化粧品
最寶貝的養料
確保
永恆的紅

空前絕後的詩

什麼白髮三千丈
黃河之水天上來
太落伍了
現在我倆詩作
富比世拍賣億元起跳
地球暖化
讀我倆詩降溫
地球第六次大滅絕
讀我倆詩得救
這一切在詩境中

距離

一座山到一座山
有多遠
問問浪濤就知道
此岸至彼岸
永遠的未知數
中間有多少風林火山
距離
恆是測不準

當我們又在一起（一）

一座山還沒走完
青春開始燃燒
燒得太快
很快把十七歲燒完了
氣不過
我們又在一起
團結力量大
共同抵抗光陰的侵略
確保我們永遠十八歲

當我們又在一起（二）

團結果然力量大
所以我們又在一起
光陰不敢來侵略
我們過著快樂的日子
微笑的架勢
勝過十萬大軍
光陰逃得遠遠的
不敢找上門
青春永遠與我等同在

龍虎山懸棺

春秋戰國時代的老祖
你們選擇住在這
龍虎山崖壁裡
一住就兩千多年
到底如何為何
成了千古之謎
無論如何
你們神靈已化成龍虎
永鎮神州

證據3：二〇〇九重慶、成都

鷹逛小巷

我是一隻鷹
總想站的高高
佔領制高點
相機捕獵
總想翱翔天際
裂解天空
展演雄風
苦無機會
只好來逛成都小巷

詩人

詩人，要能聽見文字吶喊
要能聽到芭蕉嘆息
聽懂風聲雨聲
同感浪潮怒吼
感受水深火熱
還能與星星對話
無情說法
當詩人是不簡單的
必須是全能者

你的無言說法

三千大世界裡
千載不有的因緣
曇花一現
適時捕捉瞬間光影
並無一言
會心一笑
你的無言說法
了然於心

我來撈寶

這次論壇
大師雲集
鐵定有很多寶
我不放棄任何機會
大師的眼睛
都是一座寶庫
仔細領悟
他講的什麼經
說的什麼法

停格在這裡

不思議的因緣
我們一起停格在這裡
聞法亦聽經
聞中國文學大法
聽民族之大經
這一輩子
片刻停格
留下這永恆的美景
以供回憶

不覺得有距離

台灣到重慶
地理距離很長
我們共同研討中國詩歌
說起李杜三蘇
我們太熟了
都是老朋友
會心的微笑
共同的語言文化
不覺得有距離

大學之晨

早起一推開窗子
鳥在誦詩
仔細聽
昨天研討會討論過的
詩意仍有夜的寒氣
鳥以高八度唱頌
早安！詩人
今日天氣如詩

校園是寶

大師雲集的校園
到處是寶
建築之美
藝術珍寶
還有更多近代史故事
就陳列在校園
隨意走兩步
就從民國走回明清

取經

撈寶之外
我也想要取經
以三顧茅蘆精神
像小草一樣彎下腰
有形的、無形的
全都要取回
以滋養南蠻小島人文
腦袋肚子裝不下
就郵寄

校園的聲音

黃昏、人影
光影隨人散步
偶有人聲
更動聽是小鳥歌聲
遠處傳來讀書聲
沒有風聲和雨聲
天籟之際
卡察一聲
如驚雷

這裡，孤說了算數

在這裡的世界
孤說了算數
群山無言
金刀峽不反對
各大山頭沒意見
孤大步向前
對群山吼一聲
孤說了算數

千古一瞬

光陰在地球行走
到處漂流
流過五十億年
碰到幾個文壇大師
考古學從來沒有提起
我到重慶片刻
拜見三位大師
地球演化史上
不可思議的一年

台灣的冰河時代

退將赴陸管制終身
公的和公的交配
母的和母的親熱
地球暖化
惟台灣寒化
小島沈淪
正式進入
台灣冰河時代

峨眉山訪仙求救

南蠻小島沈淪
已成了魔鬼地盤
只見眾多台獨妖魔
吃香喝辣
人民無力制衡
因為這裡的人類
大多退化成類人
少數有人形只是草民
我到峨眉山訪仙求救

不期之約

我們是過路的風
被雨擋住去路
於是，風雨
在此交會
並衍生出一段淒美的
微風細雨
在兩岸間斷斷續續
風和雨的約會
從未停止

震旦第一山（一）

從未見過的神奇
山頂有法輪
你來了
法輪為你發光
讓我們這些來自
台灣的詩人們
手拙字窮
找不到可用語詞

樂山大佛

再見，大佛、空海
我們同住一粒
飄浮虛空的沙塵
你們住左鄰
我住右舍
無來亦無去
晨昏都能聽經聞法
或偶爾　窗口
有佛法飄入

成都寬巷子

劉備和孔明在此論事
已經很舊了
那音波依然撞得我心
七上八下
漢賊不兩立
王業不偏安
我們拾回這些舊事
有助解決統一問題

山之領袖

你是山之領袖
領導群山
可是到了現在
山頭林立
群山爭霸
苦了蒼生百姓
山之領袖
快想想辦法
救救地球子民

震旦第一山（二）

要爬上震旦第一山
可不簡單
走沒幾步
一朵雲向我壓來
再爬
整座山壓在我頭上
使盡吃奶力氣
才把山搬開、扶正
風為我巡視全山

一隻鳥在此歇腳

飛來飛去很累
在此歇腳
想找些風花雪月
突然有光影來訪
我們對站相看
尚未問明何事
已被捕捉
留下鐵證如山

熊貓想（一）

兩百萬年來
只吃竹子
絕對的素食主義者
你們知道為什麼嗎
不外慈悲
我們的民族絕不殺生
大家若都不殺生
便是世界大同了
地球變天堂

熊貓想（二）

我們是絕對素食的民族
生活上
保持祖先優良傳統
極簡風格
僅食竹為生
凡事都極簡化
人類若能向吾族學習
世間無紛爭
戰火也全都燒不起來

熊貓想（三）

我們的故事說完了
熊貓一族很有思想
太有思想
成了自由主義
就被關入陳列館
說是為挽救絕種
都是人類自作主張
其實佛陀早說過
緣生緣滅

證據4：二○一○山西、陝西

啓航

我們自南蠻小島起航
航向
神之州
龍之故鄉
我心中之靈山
一下機
群龍迎來
歡迎半世紀未見的親人

遠方不遠

從小曾在胸中迴盪
孫龐鬥法
孟子為梁惠王講經
那遙遠的地方
我到了
與芮城好友共述
千年傳奇故事
遠方不遠
始終在我心中

「鳳梅人」兩岸橋（一）

芮城劉焦智以鳳梅人
我們才有機會沿橋而來
沐浴芮城春風
以文化為火種
溶解海峽冰山
以熱情
連結兩岸一家人
共織中國夢

中国·芮城海峡两岸道德文化交流会
從這個場景裏可以看到統一的未來
中國祖先道德文化這條紐帶連接着炎黃子孫
——黃色皮膚的一切人

「鳳梅人」兩岸橋（二）

建設一座橋不容易
兩岸同胞們
持續建橋與護橋工程
經常要防止破壞
記得修橋補路
使兩岸互通融合
遲早有一天
必融合為一
這是歷史自然走向

開封了，我們笑

兩岸塵封半個世紀
誰都笑不出來
——是哭成江河
現在，開封了
冰溶解了
我們笑
笑聲傳千里
傳過海峽，連接兩岸
以笑統一中國

道貫古今

有一種道
吸引我等走來
是什麼道
就在眼前飄著
可以聞到芳香味道
亦能洗淨身心
不垢不淨
不生不滅

蘇三、監獄（一）

歷史從來都是
半醒半睡
世界半黑半白
眾生在
有冤和無冤間
水深火熱
妳沈冤得洗
老天真有眼呀

蘇三、監獄（二）

人間到處有監獄
地球是個小監獄
最大的監獄是宇宙
惟萬法為識
三界為心
心空罪滅
所有監獄都消失不見
能成監獄的
只有你自己

謁舜帝．耕歷山（一）

大舜帝端坐陵前
細雨微微
聞呼吸聲
我心中存放千年之版圖
浮現
遊子轉世
因緣俱足
三人行
晉謁聖帝

謁舜帝・耕歷山（二）

那種感覺不會太老
仔細聽聞祢耕於歷山
所有傳奇
印入我等靈魂
成為經典
成為一條路的基因
華夏文明文化的路標
我們生生世世
都想來晉謁

謁舜帝．耕歷山（三）

過萬丈紅塵
黃土高原顛簸的個性
群山以無言
向有情說法
黃河以澎湃頌歌
表達最高歡迎
歷山村的長老
是大舜的身影
有聖者風彩

謁舜帝·耕歷山（四）

萬里晴空洗淨心身靈
虔誠晉謁
到祢的歷山田裡汲取
中華養分
成為吾等永生的活水
滿山玉米
風與葉熱烈討論
慶祝今年豐收
足以供養子民

謁舜帝・耕歷山（五）

陽光張開溫暖臂膀
我們，千載一回
定要取走美景
深悟舜耕歷山
回去製成連續劇
集集播出
以大舜行誼
轉變小島上
已然崩潰的倫理價值

給芮城藝文界朋友（一）

劉焦智以「鳳梅人」
搭建兩岸橋
我們穿越文化長橋
讓中華文化
香溢四方
芮城鄉親用心墾拓花園
個個是可敬的園丁

芮城縣政府会議室
刘焦智
臺灣客人吳信義在"中國·芮城海峽兩岸道德文化交流會"上演

給芮城藝文界朋友（二）

依依不捨
有道不完的情話
我們所見都是
母親般的秀麗和慈悲
母親再度壯大崛起
我們沒有缺席
因為
中國是我們
我們是中國

神柏

大禹手植的神柏
以飛龍之姿
穿透時空
為鎮寺住持
一當就是四千年
神柏以無言
向遊人
講經說法
你聽懂了嗎？

大禹渡

大禹渡，向晚
我蘸起一片雲霧
潑灑入畫境
把眾人的盛情
凝在畫框中
黃河湧動
掀起澎湃詩頌
你的情緒
開始氾濫

風陵渡、黃河岸（一）

有人看地理看天文
我看歷史
站在這裡，我看見
黃帝、蚩尤、女媧、風后……
兵荒馬亂、太平盛世
黃河在此見證
歷史，渡無盡頭
渡向未來的
中華民族中國夢

風陵渡、黃河岸（二）

我們因緣俱足
泊於河岸
見代代浪濤
誰能渡過萬載春秋
只有一條龍
和許多龍的傳人
能渡無盡歲月
渡向未來
實踐中國夢

風陵渡、黃河岸（三）

思索千載
我已然不渡
不渡已渡
此岸彼岸都存放我心
離情依然依依
我想帶些伴手禮
就打包一些
風陵渡的風水
帶回台灣

西侯度老祖們

一百八十幾萬歲了
肉身壞、靈永在
你們真的是
萬歲萬歲萬萬歲
與盤古同開天地
也是三皇兄弟
人類中第一批玩火族
曾火攻猛獸
一把火竟燒出華夏文明

過嵩山少林寺（一）

練功的武僧
改拼經濟
滿街叫賣聲
九陽真經一本五元
十八銅人陣
改跳現代舞
誦經歌吟配合市場行銷
難怪吾國已成
世界第一大經濟體

過嵩山少林寺（二）

各類武功
都標示出市場價格
只要買一件
功德無量
行住坐臥都是禪
佛法不離世間
或許拼經濟
也能見證菩提

洪洞大槐樹

大槐樹，綻放
母親般慈容
全球中國人到此尋根
看到青春的新葉
像妳年輕時
霞衣競搖曳
現在滿園翠綠青絲
是先祖的基因
代代子孫不能忘本

恭請大禹到台灣

台灣問題在水
山和水對決
而人倒霉
許多惡質的水
淹沒人心，溺斃是非
窒塞理性，異化人性
全島沈淪
恭請大禹來台灣
治水、救同胞

西安，驚鴻，夜

未見兵馬
先見人潮
人潮澎湃
如萬乘兵馬
是夜
蹄大、蹄大……
兵馬夜行軍
由遠而近
……

兵馬，非俑（一）

眾生都說兵馬俑
獨我未見俑
秦皇兵馬
絕非俑
驪駒潛行驪山千載
以潛龍之姿
引萬乘戰車
直穿透廿一世紀
萬國驚恐

兵馬，非俑（二）

兵馬似風雲颷起
八方四海
都來看神駒雄風
就要跨出國境
氣吐萬國
一統天下
兵馬絕非俑
將以鐵蹄實力
實踐中華民族中國夢

兵馬，非俑（三）

兵馬曾化成潛龍
苦苦修行
在漢關古道追風
長駿飄過千載萬里
經三國隋唐……明清
兵馬神靈永在
誓不成俑
只為中華民族之復興
而建軍備戰

兵馬，非俑（四）

神州代代英雄豪傑起
兵馬壯盛代代在
恒以其天職天命為天志
守衛神州
歷史絕不成灰
兵馬怎會成俑？
將重組一支驃騎兵馬
完成兩岸最後統一
復興中華民族

證據5：二〇一一河南、山西

啓航

我們自南方啓航
航向河之南
飛往山之西
千山萬水
找尋我們生生世世
終極原鄉
那是神之州
龍的誕生地

同路人

以因、以緣
轉動自己生命中的法輪
因緣俱足
轉在一起
成了同路人
看啊！每個人臉上
有四季的光彩
有風雨的陣仗

給劉焦智

很久以前
劉焦智是遠方的路人甲
我在這頭
他在那頭
現在和未來
劉焦智等人在那頭幹
我們在這頭搞
遲早把兩岸牽在一起

在「鳳梅人」釀著（一）

劉焦智的微型辦公室
包納神州天和地
醞釀千載歷史文化
釀製一段緣自
前世的友情
我們在鳳梅人釀製
春秋大義
裁鍘分裂主義者

在「鳳梅人」釀著（二）

在鳳梅人談笑中
臧否正邪善惡
以筆醞釀的
春秋大義
亂臣賊子聞之懼
我們持續醞釀
復興中華民族的火種
實踐中國夢．
現在只要顧好這把火

在「鳳梅人」釀著（三）

在微型辦公室
一個個端莊的長者
像一首首古詩
有著春天的活力
大家高論人生經驗
或治國平天下之道
半聽半猜中
一切都了然於心

釀一甕上好的友情

我們釀一甕上好的友情
要花多少時間
是漸
還是頓
我等一行才幾天
兩岸共釀友誼的美酒
美酒一甕
兩岸生香

在乎啥？

無須在乎河之南北
無須在乎山之西東
因緣俱足
回家只是本能
每個跫音都是呼喚
要在乎的
那跫音
是否叫醒了你
沉睡千年的靈魂

聽見文殊菩薩說法（一）

一進五台山
導遊左麗紅開始念經
菩薩頂、文殊殿……
聽見花開的聲音
述說佛陀的心法
緣起性空
慈被眾生
像散射宇宙
澄澈的光輝

聽見文殊菩薩說法（二）

文殊菩薩在說法
藍天白雲聽懂
石頭聽得身心不動
古樹下的白鵝
都說聽見了
靈峯勝境
潤澤有情
吾等似有所悟

聽見文殊菩薩說法（三）

光陰把我們
打的
像一個陀螺
昏頭轉向
向何方
聽過文殊菩薩說法
轉動生命的法輪
我們發現生命方向
前世↓今生↓來世

聽見文殊菩薩說法（四）

聞菩薩說法
瀲灩光影中
看見自己輪迴轉世的
來路方向
終點何在
繁華落盡的明天
你看見自己容顏嗎
如珠圓玉潤
已然接近明心見性

入山出山

一入山
紅塵，定於外
文殊鎮五台
滿山飄著漢藏佛香
我禪坐於山
山亦禪坐於我
我們心靈相通
再出山
何處安居

何處是靈山

到處尋靈山
靈山不會從天上掉下來
得自己找尋
尋遍神之州
見群龍起舞
萬馬飛奔
我們心中忖度著
靈山
已在神之州

緣起陳定中將軍

他得知我等神州行
將軍遙指
山西祁縣　說
那裡陽光空氣水不一樣
如春雨滋潤心田
昭餘鎮的美酒佳餚
喬家大院的前世今生
陳定梅情義、羅府溫馨
永駐吾等心懷

播種

你堅持，人在江湖
因為禮失求諸野
詩歌不分朝野
中道才有力量
我們一起在神州大地
播種
播民族復興
國家統一的
文化火種

歲月

微風搖著風鈴
感傷回憶
不仁不義的光陰
不打聲招呼
靜悄悄的走了
一去不回
消失在虛空中
有誰在意
微風在嘆息

緣起之友

因和緣在無盡海漂流
千百年
一刻相遇
長出青綠的友誼
青綠的真誠
僅閒話兩句
是我們最單純的交流
如水和陽光

一家人

看見了嗎
都是黃皮膚黑眼珠
同樣的基因
同沐中華文化靈泉
有什麼不同嗎
兩岸兄弟們
我們把家重整
把中華民族復興起來
我們是一家人

找救兵救小島

這小船已經夠小了
船上有人要打洞
還有人相互撕殺
眼見來日不多
政客都A飽了走人
妓女和土匪統治草民
草民在無明中掙扎
我等到中原找救兵
王師救救這艘船吧

九峰山的蘋果（一）

九峰山
經呂洞賓等神仙加持
又先天優良
芮城子民智慧耕耘
如今
滿山遍野蘋果樹上
長滿金晃晃的圓寶
像一串串銀子

九峰山的蘋果（二）

那一串串的圓寶
層層疊疊
簇簇叢叢
爭相驚艷
這是開啓富強的本錢
纍纍的幸福
保障子民的大未來

再訪西侯度人

二度造訪山西芮城
西侯度人
一百八十多萬歲老祖
潛居於黃土高原
荒煙蔓草中
安貧樂道
論待遇
比才五十萬歲的北京人
差很多

孟彩虹的茶館（一）

是秋天耶
漫溢春天氣息
眾花舞春風
每個人臉上都
開花了
幾種不同的花
幾株不同的樹
眾樹也開花
綻放心事

孟彩虹的茶館（二）

各家展演花樹傳奇
海青青行銷牡丹園
張愛萍詮釋二十四氣節
劉福智高歌：啊！中國
我彈一曲：The House of Rising Sun
孟彩虹編編織的彩虹
色香味俱全
情緒亢奮中
耳語開始親暱

孟彩虹的茶館（三）

江奎章善於洞察
群花的前世今生
私密的內情
在耳際唧唧我我
偶爾氣候轉型
吳信義的笑話
花和樹都笑彎了腰
台客忍不住高歌
唱的是孟彩虹的心事

孟彩虹的茶館（四）

眾花群樹
不是個個愛現
靜靜的賞花看月
是李舜玉的境界
李克霞是不一樣的花
她總是拈花微笑
也不立文字
語言是多餘的
畫中有詩
人畫合一

孟彩虹的茶館（五）

凡走過留痕跡
歷史不成灰
記錄影像的春秋大業
俊歌責無旁貸
百花齊開
眾樹唱歌
為中華復興禮讚
同編中國夢

給芮城朋友們（一）

在這秋高氣爽的季節
我們種有情樹
我們用時光
搓揉心情
挑選可以種情
好地方
種在神州大地的情
會繁殖壯大

給芮城朋友們（二）

我們種情且留情
多情種的民族
兩岸共同守護
每株深情的成長
成林成森
我等生命短暫
國家統一、民族興盛
見或未見不重要
重要是，我們努力了

芮城印象（一）

枯藤老樹昏鴉
那裡找
小橋流水人家
九峰山下
城裡的高樓
快要擠破了天空
車流人潮拼經濟
中國人啊
真的，醒了

芮城印象（二）

古道西風瘦馬
意見很多
條條大道通北京
高鐵動車
邊陲也核心
西風不吹
東風流行
帶動全球吹起
中國風

芮城印象（三）

到處所見
肥羊、壯牛、大貓……
個個都是一條龍
就是不見病貓
我們到了龍之故鄉
見識中國人拼經濟的勁
才相信
睡獅醒了
龍族起飛了

芮城印象（四）

夕陽西下
市場、戲院、公園……
斷腸人在天涯
那是一九四九年吧
二〇一一年九月
長風萬里六人行
神州大地，風光看好
前景好看

彩虹情思

總是身著艷麗彩粧
巧笑倩兮
忽隱忽現、若有若無
如夢
我是仙女腰間彩帶
她遺落在人間
我的美是朝露
瞬間存在
勝過天上長生不死

證據6：二〇一四北京、天津

北京天津行（一）

我們不出國
亦不回國
我們回家
北京天津伴著你我他
從遠古走來
走過三皇五帝堯舜禹
一路向前奔行

北京天津行（二）

中國自遠古一路奔行
北京天津跟上
過秦漢三國隋唐五代
宋元明清
現代中國
從苦難中站起
北京天津一路打拼
跟著父母奮戰
邁向廿一世紀

北京天津行（三）

北京天津
永恒在媽媽懷裡
再也不被出賣
跟著眾多兄弟姊妹
共同成長壯大
共享繁榮
共創大未來
共同實踐中國夢

北京天津行（四）

啊，北京天津台灣
都是我們的家園
走到廿一世紀的現代
北京啊
承載所有中國人的夢
承載歷史大業大任
完成中國統一
否則
北京，你是什麼

北京天津行（五）

全球的風聲
聲聲入北京之耳
國際黑潮逆流得小心
有很多闇黑勢力
邪魔歪道
土匪強盜……
都想來撈一塊肉吃
北京天津台灣
是現代中國的心跳

北京天津行（六）

崛起的榮耀
不要沖昏了頭
內外都有惡勢力
八國聯軍惡夢未了
新八國聯軍已在磨刀
中國人啊
有幾人聽到
霍霍之聲

北京天津行（七）

列祖列宗流淌的鮮血
乾了嗎
乾了就不痛
不痛就不在
不須再意
若是
歷史將再重演
重演打破了中國夢
中國人始終在做夢乎？

北京天津行（八）

北京天津行
我們沐浴在中華文化的
靈山聖水
滌淨各種雜色
洗淨身心靈
看見了祖國大建設
看到中國人的世紀
看到中國夢
正在進行完成中

春花秋月何時了（一）

春花
多少年不見了
因為海峽阻隔
心裡鬱悶
花不開
因緣俱足
到了北京天津
四季如春
春花滿街

春花秋月何時了（二）

秋月
用她的容顏月色
釀一壺好酒
與北京天津好友共飲
如共飲長江水
通體舒暢
一時解了半世紀
難解的鄉愁

春花秋月何時了（三）

故鄉的月色格外美
故鄉的酒是仙藥
能解千年愁
好酒美色
不傷心、不傷肝
今夜
醉臥故鄉
春花秋月何時了

春花秋月何時了（四）

何時了
沒完沒了
百年積累的愁太濃
千杯難消
海峽浪潮太詭異
小島妖魔已成氣候
必須打一仗
戰火是最佳洗禮
春花秋月全都了

一家人（一）

看見了嗎
我們相見如故
講的笑話大家懂
因為相同歷史文化
傳承相同基因
我們是一家人
大家都是中國人
共織中國夢

一家人（二）

看見了嗎
分離太久的兩岸兄弟
本是一家人
同是中華民族
在這大屋頂下
大家團結在一起
共享廿一世紀
是中國人的世紀

退休人五會

會走、會吃、會玩、會睡
加上網是退休人五會
老夫補個會混
混得開
混得下去
人生不外混得好
混得有價值
別以為這是容易的事
很多人是混回頭的

曇花一現

我們相聚
是曇花一現
從你們的笑容
我便從一朵花
看見天堂
從我們的信心理念
看見吾國之未來
看見中國夢之
未來實境

狗不理

我們來到一個絕美境地
狗不理
狗都不理的地方
怎能發財
狗都不理
怎能成為人的美食
可見這世界上
名相，也是假相
誰能看得清楚

再見，我們會再看見

再見，北京、天津
你們始終在我心
無所從來
亦無所從去
我們始終在一起
我們也會一起再看見
中華民族復興
中國完成兩岸統一
共享中國夢

證據7：台大教官聯誼會

現在，只要春天

我們現在的感覺
春天最好
春天總是美美的
退休了
只要春天
把夏秋冬
全都變成春天
春天給我
其餘免談

老夫的想法（一）

老夫的想法
是沒有想法
風月任其風月
浪潮任其浪潮
天下事各有因果
不能叫風不吹雨不下
不能叫海不起浪
故吾不思不想
不起一念

老夫的想法（二）

那些銀子命中歸我
我叫他離遠些
吾不聞銅臭
他依然戀我
火大了
把他們都用了
用掉的
才是自己的

酒拳

兩造手刀一劃
輸贏分明
輸者通吃
雙方不服
戰爭持續打下去
黃昏釀的酒有力
不久雙雙醉倒
誰贏誰輸

那年升官

混了一輩子
才在台灣大學拾獲
六朵梅花
升了官換了位置
竟也換了腦袋
中國解放軍送來大禮
稱老夫：台灣軍魂
帽子太大，戴不下
從未有過的爽

一醉不休

革命大業就剩這裡了
戰場只一張圓桌
敵情嘛
都已是自己人
作戰地區各方戰力評估
總共幾瓶酒
革命軍人醉在戰場上
別讓女生看笑話
一醉不休

再醉方休

薄暮一直敲鐘
響得討厭
好煩
吹一瓶白乾
立刻靈魂出竅
兩岸問題也解決了
一醉不休
再醉方休
世界問題全解決

戰場，就這杯

這輩子打過多少仗
佔領過多少戰場
現在都讓人了
僅存的戰場
就這杯了
整個作戰日，三民主義
共產主義、資本主義
都在這杯裡
逐一冒出

台大最後一個教官

妳是台大最後一個教官
我在時有四十八
才幾年
剩下一朵花
全台最高學府
也許
又得一名牌
教官終結者
魔鬼司令台灣大學

世界變了

整個世界
全都變種了
瘋人川普到處點火
火燒地球
小小的山頭要爭霸
世界變了
我們的生活要改變
世界吃緊
咱們緊吃

等待燒火的光

自從妓女土匪偽政權上台
小島日夜無光
就是大白天
也是很黑
朝野民間都是黑的
眾生在等
島外有光照來
或島內自行燒起來
有光有希望

文史哲鑽石婚讚（一）

彭公一生，鑽故紙堆
鑽天打洞
穿透中華民族五千年
傳揚三千文史哲經典
以一家人
抵一大集團
把中國文化壯大
成兩岸出版界傳奇

文史哲鑽石婚讚（二）

夫唱婦隨
牽手一甲子
牽出閃耀發光的人生
共同擺平那些風雨
消解許多大浪
以賺錢書養寒士
黃昏之戀時
又戀上《華文現代詩》
你是現代文化人的典範

文史哲鑽石婚讚（三）

李白、杜甫、白居易
老子、孔子、孟子
諸子千家……
他們現在住那裡
羅門、蓉子、文曉村
綠蒂、向明、張默
現代詩八百家
他們現在住那裡
告訴你：都在文史哲

我們相聚最大目的

你知道嗎
我們為何相聚
吃喝有很多理由
但最大目的何在
相見為共同見證
地球是存在的
若你不現身
地球不存在
世界都是不存在的

證據8：台大秘書室志工

夕陽好美

日出太主動
中午的太陽不講情義
唯夕陽最美
浪漫溫柔又可愛
迎風門半開
才說著
她就臉紅了

愛的傳承（一）

十八姑娘一朵花
花的香美人人愛
有朝一日
正果終於修成
才幾春
嫩白小手變黃瓜
兒女糾纏著
讓妳失去自己的天下

愛的傳承（二）

日子跑得比高鐵快
怎麼眼前突然
青絲成雪華
還有枯葉紛飄落
兒女成家生娃娃
你們終於成功
成功的人生
是公婆

愛的傳承（三）

娃娃追著公婆要玩耍
兩老高興得
上氣不接下氣
轉眼娃娃又長大
愛的傳承走過千百年
走到廿一世紀
他們說：太累人
不傳了
這可怎麼是好……

萬法唯心

看見你們悠閒
感覺會傳染
隔空飄來
飄入我心房
讓我也悠閒自在
這是什麼道
靈犀可通
或是萬法唯心

咖啡是非

一杯熱騰騰的
冒出梟梟是非？
因何嫁禍給咖啡
人本是非物
冒出皆是非
不論你端咖啡或茶
汝嘴所冒出
皆是非

黃昏之愛（一）

想要愛
是人人心中的活火山
誰能阻止火山噴發
不久前地殼逐漸硬化
火山被製壓
幾成死火山
只剩一些
溫柔的搖晃

黃昏之愛（二）

未被馴服的火山
一、二級搖晃
總是無感
只好把愛昇華到哲學
沉思
也是一種愛
我思故我在
在了，就好

黃昏之愛（三）

有一回我向春天說出
活火山快速
變死火山的秘密
春天不相信
說絕不可能
自然界沒這道理
春天真的可以起死回生
你沒有遇到真正的春天

黃昏之愛（四）

春天真的來了
她說，你試試看
果然是極品春天
死寂的大地現生機
火山活了
充滿了生命力
春天說
我是你絕美的春天

黃昏之愛（五）

春天，有妳真好
死火山又變活火山
春天能啓動
微弱的生命力
春天，是愛的代言人
凡失去的
春風吹又生

黃昏之愛（六）

看！春天百花爭艷
眾樹開花
迷濛的眼神
看得萬物心跳
示愛的花花草草
重新詮釋
愛的長度和寬度
春天，有妳真好

靈魂的窗口

妳習慣用眼睛說話
在靈魂的窗口
有密碼
懂的人自然懂
不解恒不解
而我
見雲飄來
就知道妳眼中的風雨

傘

一手遮天
是我的天職
一柱擎天
是我的天責
放眼古今天下
能之者
就是朕
——不准竊笑

證據9：台大退休人員聯誼會

我們彈唱

我們彈唱著
世界都是鮮活的
我們不彈不唱
世界不生不死
宇宙是一團灰色
我們彈笑
風聲水聲牛吽鳥鳴
是我們的和音天使

時間越跑越快

大家都感覺到
年初時間坐著平快車
不久換高鐵
很快又坐超高鐵
那些晨光和黃昏
在火上加油加速
不妙，畢業了
大家恐慌下回畢業
就快到

時光不清不白

遛著時光
把雜七雜八過濾掉
簡單而不清
以免魚兒不來
勿太白、勿太黑
不清不楚
不黑不白
最能快樂
遛時光

少水魚

我生活的江海
不知為何
水越來越少
是地球暖化嗎
水流失速度大於光陰
太可怕了
我是一隻少水魚
我只得把每一天
當最後一天過

我們看見（一）

我們都看見
光陰開著超跑
瞬間
四季不見了
侵略者一樣
奪走你九成江山
失去的回不來
就捉住現在的光陰
好好享用吧

我們看見（二）

我們都看見
光陰多麼的慘忍
無情無義
不分好人壞人
十足的掠食者
他想吃了誰就吃誰
我們無力反抗
要打敗光陰
大家想想辦法

記得的

經過多少大風大浪
從火山走過來
如今記得的
就是浪潮後一些沙痕
還有泡沫般的情節
零星的細雨
其他……
都想不起來了

逛校園

在校園逛
四顧
都是稚嫩的苗
他們臉上燦爛光輝
他們的夢和希望
如此年輕
我們的夢和希望
老多了
自然法少有例外

諸山長老（一）

一座座大山
諸山長老
心頭在想什麼
山間縹緲的雲有答案
做為一個山頭
必須有豐功偉業
一座山
不是放著好看

諸山長老（二）

每一座山
都把歲月深藏
以免露出陽謀或陰謀
歲月太久太長
任由雲雨抱怨
山頭依然
頂天立地
不為所動
這才是長老的氣質

人人是一座橋（一）

台大退聯會裡
人人都是一座橋
盪漾的笑容
架起美麗的橋
我橋、你橋、他橋
連結成璀璨大橋
每一座橋
都是幸福美滿
愛之橋

人人是一座橋（二）

看這辦公室裡
誰的橋最美
不論誰的橋
都用真心和誠意建構
小小一方桃花源
也有我們的春秋大業
要在最大的可能
滿足退休人的需要

人人是一座橋（三）

多年來我們在這小橋上
看花賞月
擦亮每個日子
創造人生
亮麗的黃昏美景
雖然已有二位先行者
緣起或緣滅中
都珍惜
曾經擁有的好因緣

人人是一座橋（四）

退休後我們築橋
築橋素材是歌聲
與人往來交通
日子如年輕時代亮麗
我揮灑詩筆
記錄你們的人生長卷
在光陰湧動的長河
為你攔截一朵浪花
並典藏橋的身影

退休人之悟（一）

家庭：有愛在是港彎
無愛在是牢寵
金錢：花了才顯價值
存著只是數字
人生：用心才是生活
不用心只是活著
但二分法不能解釋人類行為
眾生活在灰色地帶

退休人之悟（二）

時間：珍惜了是黃金
浪費了是虛度
書本：領悟了是智慧
荒廢了是廢紙
過去的已經過去
再好再美都是過去
但是眾生
只活在自己的世界
你呢？

退休人之悟（三）

樹葉落了就是落了
不會再飛回樹枝
也不會眷戀
就入土了
昨天的太陽
不能溫暖今天的你
過好今天
就是快樂人生

同路人長卷（一）

在台大校園
八方風雨各有長才
幾十年後
條條大道通向
退休人員聯誼會
你行過千百里的雙足
在此駐蹕
持續展演未完的
人生長卷

同路人長卷（二）

風雨八方都有些倦了
蜿蜒人生路
在這裡御下倦旅的負荷
坐下來喝杯茶
訴說自己的江山如畫
絕非八卦
幽居退聯會桃花源
依然可以
隔空指點江山

同路人長卷（三）

往昔的敵我關係
現在換了位置
也該換換腦袋
把那些有毒主張
拋入歷史的垃圾桶
世界不是二分法所構築
放下所有的顏色
在台大退休人員聯誼會
大家都是同路人

相見・閒話（一）

「好久不見」
茶杯裊裊冒出一句話
幾週不見
如隔三秋
沒有傳奇可以渲染
情節一如上集
大多時候
用眼睛說話就夠了

相見．閒話（二）

「教官最近還革命嗎」
大家眼神輕嘆
邪魔惡道盛行
土匪妓女聯手竊神器
革命不是喝酒吃飯
火花點不起來
小島沉淪
沉向冰河時代

相見．閒話（三）

「教授最近哪裡混」
無聲的嘆息
熄了兩岸燈火
差一點星光也滅
吶喊已成歷史垃圾
看看現在和未來
比一杯咖啡
更為八卦

證據10：台大閒情

台大的中國呢

台大人堅決保衛釣魚台
中國的土地
可以征服不可以斷送
中國的人民
可以殺戮不可以低頭
台大人
我們生為中國人
死為中國神

校園「愛國牆VS民主牆」。圖為校園保釣運動，布條掛在洞洞館。（台大校友雙月刊，60期，2008年11月。）

慈濟美女記者來訪

她們說要來訪問我
看台大醉月湖的美
她們來了
清秀如湖畔柳
飄逸如葉
出塵似湖之靈氣
害我啞口
說不出醉月湖
何處最美

這部人生列車（一）

未經本人許可
被迫上了這部列車
搞不清狀況
沒得選擇
只好乘下去
不知道從何處開來
不知道會經過那裡
更不知道開往何處
終點站又在那裡

這部人生列車（二）

一切都在摸索
你得慢慢學著點
所能把握依然不多
初期都是矇矇懂懂
感覺這部車
實在有些詭異
會不會上了賊船
讓人很懷疑
有很多疑惑在心頭

這部人生列車（三）

行走在似有似無的軌道
總會停些站
有人上下車
會遇到很多人
有親有疏
有人突然就下站了
你會碰到誰
和誰撞出火花
都是測不準
這部車真是太複雜

這部人生列車（四）

軌道的不確定性
有無說不準
偶有車禍
或各種事故
有人就突然的
去見祖宗
該不該乘下去
始終在心頭
困惑著

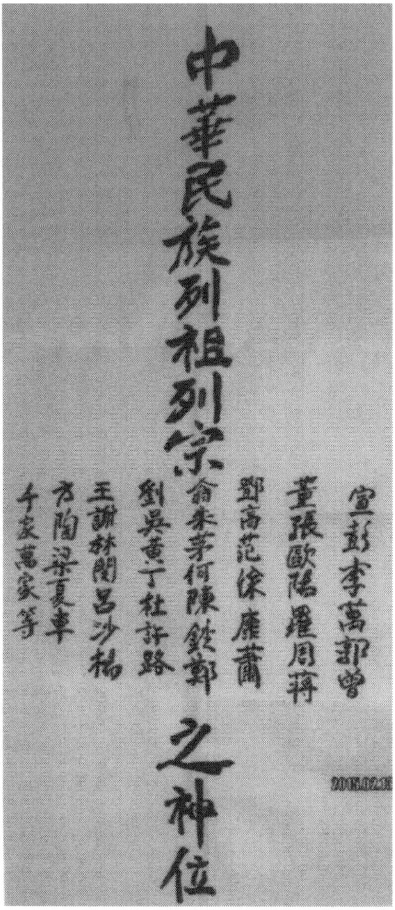

這部人生列車（五）

看到有年輕的走了
看到突然的車禍事故
這部車太無常
也很不安全
幸好！自己還活著
安全的坐在車上
真是天保佑
誰也不能保證
後面旅程是安全的
我得要小心

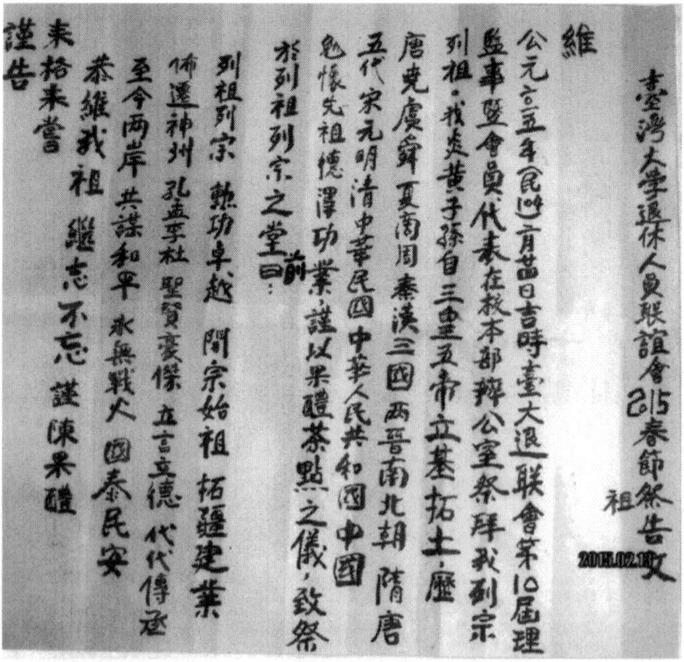
臺灣大學退休人員聯誼會2015春節祭祖告文
2015.02.1[illegible]
維
公元二〇一五年(民104)二月廿日吉時臺大退聯會第10屆理監事暨會員，代表在校本部辦公室祭拜我列宗列祖。我炎黃子孫自三皇五帝立基拓土，歷唐堯虞舜 夏商周 秦漢三國 兩晉南北朝 隋唐五代宋元明清中華民國 中華人民共和國中國
緬懷先祖德澤功業，謹以果醴茶點之儀，致祭於列祖列宗之堂前曰：
列祖列宗 勳功卓越 開宗始祖 拓疆建業
佈遷神州 孔孟李杜 聖賢豪傑 五言文德 代代傳承
至今兩岸 共謀和平 永無戰火 國泰民安
恭維我祖 繼志不忘 謹陳果醴
來格來嚐
謹告

這部人生列車（六）

說來有點可怕
列車不一定走在軌道上
世上有很多歹路邪路
隨時有意外
天外隕石飛來
打壞了車頭
海嘯越來越無常
地球的脾氣
現在經常整死人了

這部人生列車（七）

外環境因素不安全
內環境也可怕
就是人的問題
不保證沒有酒駕
或駕駛發了神經
開車去撞山
你跟著陪葬
啊，人生這部列車
像一部恐怖列車

台大校園遛

我閒來在台大校園遛
眼看很多學生
遛來遛去
傅校長説
一天只有二十一小時
剩下三小時用來沉思
三小時很長
若不到處遛
怎麼過

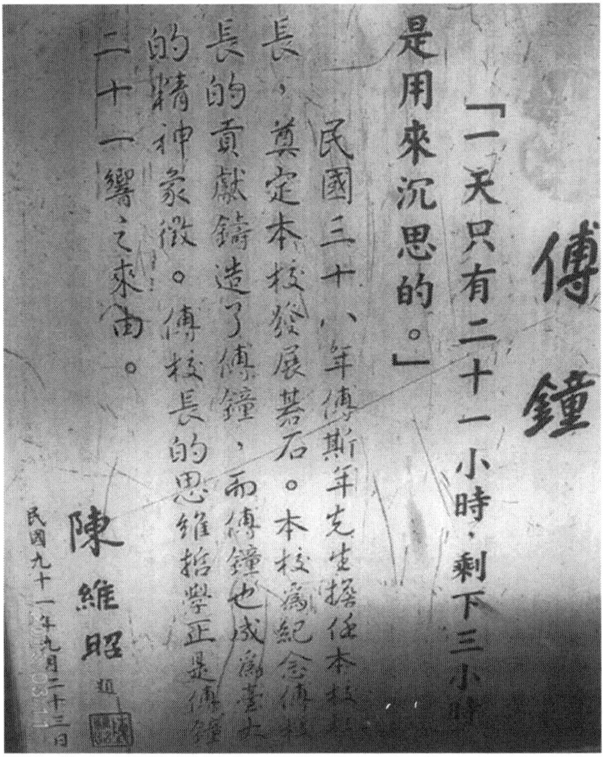
傅鐘
「一天只有二十一小時，剩下三小時是用來沉思的。」
民國三十八年傅斯年先生接任本校校長，奠定本校發展基石。本校為紀念傅校長的貢獻鑄造了傅鐘，而傅鐘也成為臺大的精神象徵。傅校長的思維哲學正是傅鐘二十一響之來由。
陳維昭 題
民國九十一年九月二十三日

父母（一）

我是一盞燈
省油的燈
負責盡職的燈
每天省吃儉用
做死做活
幫一家省錢省油
照亮全家
全家就是
你家

父母（二）

我是一罐油
省燈的油
苦幹實幹的油
每天努力賺錢
提供好油
維持全家小康
全家就是
你家

成長

我在年輕時
總是叫山過來
山從來不理我
我很困惑
到了有點年紀
換我不理那些山
不屑一顧
我，就是一座山

在台大悠閒（一）

台大校園
是個微型異世界
瑠公圳、傅鐘、傅園
花城、農場、大道
醉月湖……
説不完，遊不盡
一進校園
感覺地心引力不見了
走到醉月湖飄起來

在台大悠閒（二）

走到醉月湖
人就飄了起來
——不是阿飄
湖畔散步
人自然隨風飄揚
心也飄逸起來
湖邊咖啡亭嫣然一笑
香香姑娘端上一杯
熱騰騰的愛

在台大悠閒（三）

醉月湖裡氣質好的學生
鴿子、水鴨、游魚、烏龜
可愛的白鵝、黑天鵝
都是台大高材生
君子和淑女
過著悠閒的日子
你不知不覺
忘記外面的黑暗世界
身心似白雲悠悠

在台大悠閒（四）

水聲悠揚
垂柳漾漾如醉
你不信嗎
湖邊一刻是外境一年
人生承擔太重
何不到醉月湖減重
別老是受引力控制
來！擁美景入懷
邀悠閒入夢

證據 11：台大登山會

看山（一）

看山是什麼
流水的聲音有了答案
兩片白雲走進傾聽
有風雨聲
再仔細聽
各大山頭爭論不休
相持不下
這山太複雜了
看不出是善是惡

看山（二）

看山是什麼
鳥叫蟲鳴有了答案
百花爭艷詮釋什麼
再仔細觀聽
一花一世界
一葉一如來
太妙了
這山是什麼
我得深思

看山（三）

看山都是山
千山萬水看不盡
你說山是夢境或宇宙
千山總帶著萬水
萬水總擁抱千山
原來三千大世界
萬山萬水
都是一家人

撿破爛的阿公（一）

一個撿破爛的阿公
困在叢林裡
被大樓壓縮
勞瘁又瘦削的
影子，在巷弄穿梭
叢林太大
你被消溶
看不見你的掙扎

撿破爛的阿公（二）

你撿到一堆空瓶
人生不空了
中午啃完一個饅頭
倒在車站椅織夢
他在夢中淺笑
許多人生命空空
而他擁有
做夢也會笑

三人行

我們三人行
曾行遍祖國大地千山萬水
志同道合
味道亦同
這奇妙的因緣
不思議！
不思議！

愛因斯坦想（一）

愛因斯坦驗證理論
把空間剝光衣服
會怎樣
必須實驗
空間橫躺扭曲
產生巨大吸引力
吸引你
必須入侵並統一空間
溶成一體

愛因斯坦想（二）

愛因斯坦設想週到
入侵之前
要給空間提升體溫
兩造發生戰役
雙方快速升溫
幾回大戰
空間顫動
成一隻姝麗寵物

愛因斯坦想（三）

經一億光年
終於找到宇宙黑洞
此刻空間是你的
黑洞，任你自由進出
洞中產生水患
起初口水
口水變洪水
洪水沖倒兩造
空間真厲害

愛因斯坦想（四）

大科學家認為
理論要經多次驗證
也許工作太累
他和空間都擺平了
倒向對方懷裡
剝光衣服仍不滿足
空間的皮也剝
肉也溶了
戰場也溶化

愛因斯坦想（五）

為驗證真理
愛因斯坦一再進出黑洞
他仍不很清楚黑洞
故一再進出
浸淫在浸淫中
溶解重製
解構又結構
檢驗真理唯一的方法
就是實踐

愛因斯坦想（六）

經許多次實驗
實驗到老
得出普遍性法則
他已非他
空間亦非空間
物質更非物質
時間最愛在黑洞中
黑洞是永恒的吸引力
引你隨時進出

愛因斯坦想（七）

真理求證將要完成
兩造完成統一
統一也不是永久的
終會趨向空滅
任由進出很短暫
人類所見的
空間、時間和物質
全是假相

傳情的方法

春天的夜晚，在窗口
掛起一隻耳朵
思念
能吹動她窗前的風鈴
寒夜中
月，點一盞燈
光，溫一壺酒
能慰他思愁

愛情都出山了嗎（一）

宇宙間最強大的力量
除萬有引力
就是愛情了
能叫人要死要活
死後復活
各位都見證過
現在呢
愛情都出山了嗎

愛情都出山了嗎（二）

什麼？出山了
來不及參加告別式
未免太無常
死的太快
這麼快就死了
今後還有誰
相信愛情
愛情都出山
何處尋愛情

愛情都出山了嗎（三）

就是不相信
愛情全都出山了
歷史絕不成灰
愛情絕不會都成骨灰
愛情能使物種再生
必然可以無中生有
因為愛情是
一種發明
人人是發明家

教堂（一）

科學文明越發達
這種清潔公司越多
很多人需要
人在外頭混兩天就髒了
裡髒到外
等不到星期天
就要進去洗一洗
阿門
一切交給主

教堂（二）

剛洗完不久
酒家混一晚
身心到處黑烏烏
再進去洗
牧師的嘴是強力洗潔精
一洗就白
牧師說，髒不須你負責
一切交給神

這座山的漾態（一）

幽幽淡光中斜欹
一座山
不大不小的山
雲霧中靜靚裊裊
是她的夢鄉
挺立的山峰微微波動
順著雲淡風輕下行
是巫山的雲和雨
泉谷間涒瀚淙淙

這座山的漾態（二）

泉谷有愛戀的水聲
慵懶身形在斜坡草原
水聲漾著艷麗雲彩
我一口咬住山
左手爬山
右手涉水
再啜一口玉液瓊漿
這光景完全回歸
物種之初始

這座山的漾態（三）

不求山有山
不求水有水
不要彩衣，不要雲影
樹與籐在交纏中
神昏顛倒
直搗最深處找答案
依然解不開山水的命題
為何我們生生世世
總有甜蜜的糾纏

證據12：中國全民民主統一會

全統會頌（一）

滕傑、陶滌亞、王化榛、吳信義

頌！中國全民民主統一會
你們開天闢地
你們上承孔孟李杜
以中華文化為大戰略
堅持一生
為消滅台獨偽政權
寧共不獨

（右）創會會長 滕傑（左）蔣緯國

全統會頌（二）

滕傑、陶滌亞
先賢先列，全身烈焰
從戰火中走來
又走向戰火
為收拾大漢奸老蕃癲
空間都是彈孔
時間都是砲擊
為消滅台獨
寧共勿獨

全統會頌（三）

滕傑、陶滌亞
偉大的革命先行者
神州燃起戰火
倭寇入侵
屠殺中華子民
白骨堆成的河山
長江黃河怒吼
水皆沸騰
沸騰你們的心

全統會頌（四）

休息為走遠路
休兵為再壯大
整軍經略為收拾舊山河
誰知時間不長眼
殺死了偉大的領袖
領袖之子也死了
群龍無首
邪魔橫行
滕傑、陶滌亞起而奮戰

全統會頌（五）

滕傑、陶滌亞
以「全統會」之名
指出合於中華文化道路
亦有列祖列宗旨意
「寧共勿寧」
有效時間：千秋萬世
中華兒女，生生世世
一體遵行
中華文化永恒之路

全統會頌（六）

滕傑、陶滌亞
你們是吾族典範
吾取五嶽之土
雕塑你們超凡神像
不想把你們神格化
我怕、怕
酒喝多了！太高興！
忘了使命

全統會頌（七）

你倆得冷峻看著人間
盯著會員
方向不能走偏了
寧共不獨
就算你倆心中都是愛
也要公事公辦
把迷路的羊找回來
共同復興中華民族
實踐中國夢

全統會頌（八）

王化榛、吳信義
前領導和現領導
都是我們的老大哥
你帶著我們
我們追隨你們
走寧共不獨的路
路通中國夢
把中華民族
再復興

全統會頌（九）

實踐中國夢要努力
這個夢
我們中華民族列祖列宗
都曾實踐完成過
夢，也有一定壽命
生生死死又轉世
現在這個夢境
又出現了
我們努力完成實踐

全統會頌（十）

中國夢
是中國全民民主統一會的夢
是中華民族的夢
是全體中國人的夢想
我們一起做
這不是白日夢
睜開汝眼看這世界
全球中國化
已然一步步形成

全統會頌（十一）

頌——
中國全民民主統一會
頌——
滕傑、陶滌亞
王化榛、吳信義
大法傳承
寧共不獨
走中國人的路
不走台獨歹路

全統會頌（十二）

小島越來越黑了
我們點燃光明燈
不能全被黑暗佔領
一燈照亮歷史
照亮寧共不獨的路
中國夢之完成
照亮小島
照亮全世界

全統會頌（十三）

再頌——
中國全民民主統一會
我們流著炎黃的血緣
享用中華文化活水
生為中國人
當為中國夢而奮鬥
為中華民族之復興
而奮戰
而活著

點火吧

大家來點火
把偽政權燒成骨灰
照亮小島的黑暗
假如可以
我願飛躍成一顆流星
撞向貪腐政權
救民於
水深火熱

證據13：佛　緣

到處尋佛（一）

這年老夫三十六歲了
仍在到處找佛
上山下海
佛在哪裡
連個影子也沒看到
難道這輩子
與佛無緣？？？？

到處尋佛（二）

走遍很多地方
找不到佛
難不成佛和我躲貓貓
佛才沒這美國時間
我跟隨一票師兄弟
來到佛住的地方
我依然找不到佛
其他人是否找到
不得而知

到處尋佛（三）

這年老夫已五十好幾
仍不知天命
亦未找到佛
但已感受到佛的存在
而且，而且
就在我身旁附近
我開始有點信心
只要我乖乖的
佛應該不會為難我

到處尋佛（四）

正當我尋佛不著之際
聽到星雲大師說：
你就是佛
人人都可以直下承擔
「我是佛」
我像被古代禪師
取一巨棒
重重的夯在腦袋上
差一點昏倒

到處尋佛（五）

「我是佛」……
這怎麼可能
我不過一介凡夫
心中還想著
喝酒、吃肉、把馬子
會不會是大師說錯了
我得再仔細聽
多聽經聞法
一定可以找到佛

到處尋佛（六）

心佛及眾生
是三無差別
諸佛悉了知
一切從心轉
《華嚴經》這麼說了
我怎能再懷疑
我是眾生之一
與佛無差別
但心為何老進出十法界？？

到處尋佛（七）

這片刻間
你的心去了哪裡
佛、菩薩、聲聞、緣覺
天、人、阿修羅、地獄
餓鬼、畜生
真是見鬼啦
怎會在四聖六凡流轉？
心如流水，定不下來
這問題大了

到處尋佛（八）

問題大了
需要針對問題
尋求解決法門
出家
或許出家可以找出答案
藉緣生煩惱
藉緣亦生業
藉緣亦生報
無一不有緣
《緣生論》是這麼說的

到處尋佛（九）

佛性雖有
須以修行論證
刀山劍樹為寶座
龍潭虎穴作禪床
道人活計原為此
劫火燒來也不忙
修行到這境界可不容易
如處「九一一」大樓中
還能不忙乎

到處尋佛（十）

修行在生活中
飢來吃飯倦來眠
只此修行玄更玄
說與世人渾不信
卻從身外覓神仙
現在我相信王陽明說的
修行、禪法
都在食衣住行生活中
離開生活找不到佛

到處尋佛（十一）

佛也需要錢嗎
財物如幻亦如夢
愚痴眾生被誑惑
剎那時得剎那失
何有智者生愛心
《大寶積經》這麼說
我鼓勵老友把錢用掉
看來我是走對路了

到處尋佛（十二）

永懷師姊

陳宏大哥和學慧師姊
都已去了靈山
就近聽佛講經說法
佛不見身知是佛
若實有知別無佛
智者能知罪性空
坦然不怖於生死
《景德傳燈錄》的開示
師姊坦然不怖生死
永懷師姊

到處尋佛（十三）

吾深思，千百世來
我在哪裡
宇宙之初有我嗎
諸因緣和合
愚痴分別生
不知如是法
流轉三界中
眾生萬物
緣生緣滅，吾亦是

到處尋佛（十四）

萬般帶不走，只有業相隨
一切眾生所作業
縱經百劫亦不亡
因緣和合於一時
果報隨緣自當受
原來，人生所要經營
就是業
只有「業」可以帶走
帶著生生世世享用

到處尋佛（十五）

我到處尋佛，似見
佛國美景絕塵埃
煙霧重重卻又開
若見人我關係處
一花一葉一如來
如何排開煙霧
人我關係
一花一世界
你看到佛國了嗎

到處尋佛（十六）

以平常心對治好奇心
廬山煙雨浙江潮
未到千般恨不消
到得原來無別事
廬山煙雨浙江潮
常懷平常心
生活不顛倒罣礙
凡事自然就好
自然就是佛法

到處尋佛（十七）

修行不外
學佛、作佛、成佛
常自調順不放逸
一切能施無妒嫉
慈悲念於諸眾生
彼人不久當作佛
二千年來
修行人無數
不知作佛成佛有幾

到處尋佛（十八）

看來，學佛
作佛、成佛
不是一輩子的事
要生生世世修
才見宇宙人生的真相
一切有為法
如夢幻泡影
如露亦如電
應作如是觀
諸相非相，即見如來

證據 14：洪　門

洪門醒了（一）

四百年來
洪門時醒時睡
時清時醉
現在又醒了
你們鐵定吃了一種叫
中國民族主義的仙藥
又聽到中國夢呼喚
所以醒了

洪門醒了（二）

洪門醒的正是時候
中華民族要復興了
中國將要統一
中國夢將要實踐完成
中國人的世紀近了
成功的前夜最凶險
美國為首的新八國聯軍
已經出刀
此刻中國，需要洪門

統一之前夜

此刻是
多麼的凶險
美帝的邪惡勢力
染指香港、台灣
企圖永久分裂中國
中國要統一
山和海也擋不住
我們這輩子
只搞統一

洪門的基因

洪門的基因是什麼
就是中華民族之
民族精神
也是所有中國人的基因
強大與包融
歷五千年而不衰
消滅倭寇
完成統一
就用民族精神之利劍

不一樣的澳門

離開母親這麼久
換成別的
已不認識母親
可——你一回家
就知道
這就是母親
啊，我們現在是
中國的一份子

緣起洪門

我們這群中國人
也是洪門人
因為志同道合
才會走在同一條路上
共同追尋中國夢
啓動中華民族復興
中國統一的
光和熱
氾濫在每個中國人的
身心靈

吳伯雄

想當年
你和宋楚瑜拼省長
你禪讓於他
你自己
隱於佛光山
傳揚佛法
為兩岸統一而努力
我敬佩你

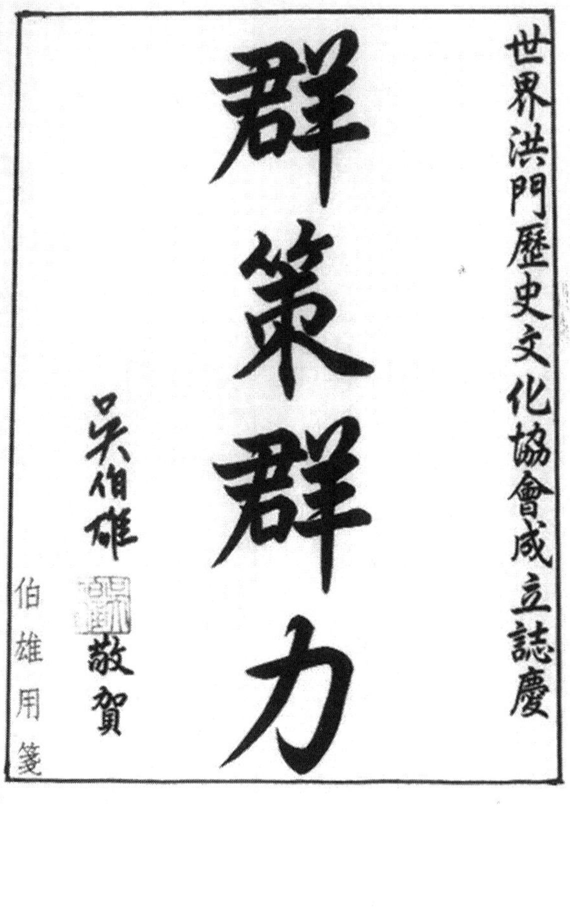

許老爹

你是我陸軍官校老校長
金防部司令官
你一生為中國統一
為民族復興
現在為洪門加持
你一生不變的節操
象徵吾國
春秋大義精神
許老爹，大家愛你

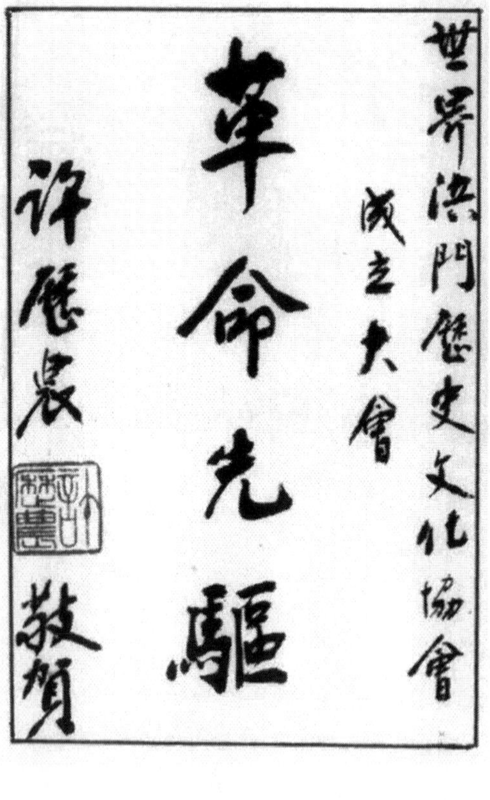

張安樂

張總裁
真是佩服你啊
奔走於兩岸
播下統一的種子
現在加持洪門
共為統一奮戰
春秋之筆絕不忘
記你一大筆

郁主席

看你一路走來
始終如一
不變情操
為中華民族之復興
為兩岸完成統一
為實踐中國夢
為中國人的世紀
你這輩子值得
我敬佩你
春秋之筆不忘記

洪門精神

頭可斷黃河不斷
血可流長江更流
我們永不分手
大浪淘沙
忠魂烈烈向前走
風雲激蕩
義膽雄雄不回頭
民族精神在洪門

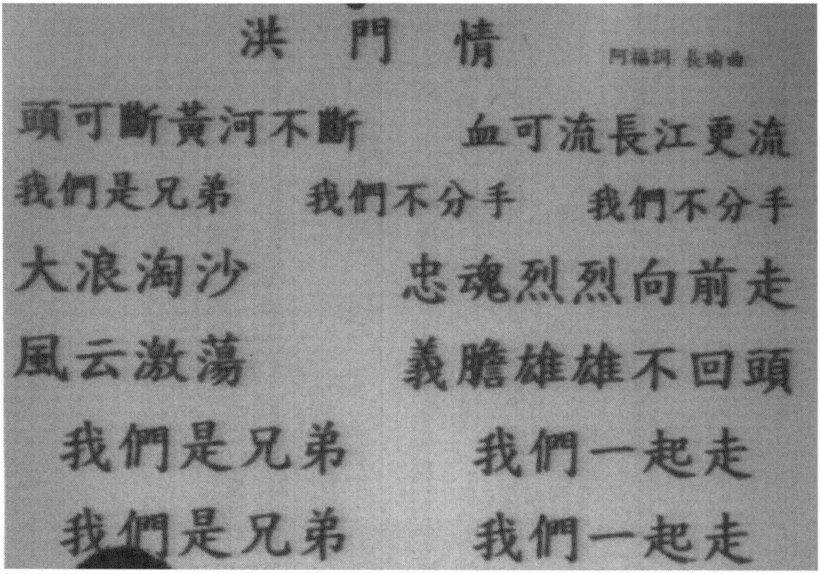
洪　門　情
頭可斷黃河不斷　血可流長江更流
我們是兄弟　我們不分手　我們不分手
大浪淘沙　忠魂烈烈向前走
風云激蕩　義膽雄雄不回頭
我們是兄弟　我們一起走
我們是兄弟　我們一起走

五聖山山主

你是神州大地上
一座山
五聖山山主
你用義氣
彰顯一座山的氣質
用義氣
團結眾兄弟姊妹
共為中國之統一
而奮戰

證據 15：天帝教

參訪天帝教

我很好奇
天帝教的人間使命
是上帝的力量
完成中國統一
中山、中正真人
駐蹕天極行宮
率台大人來參訪

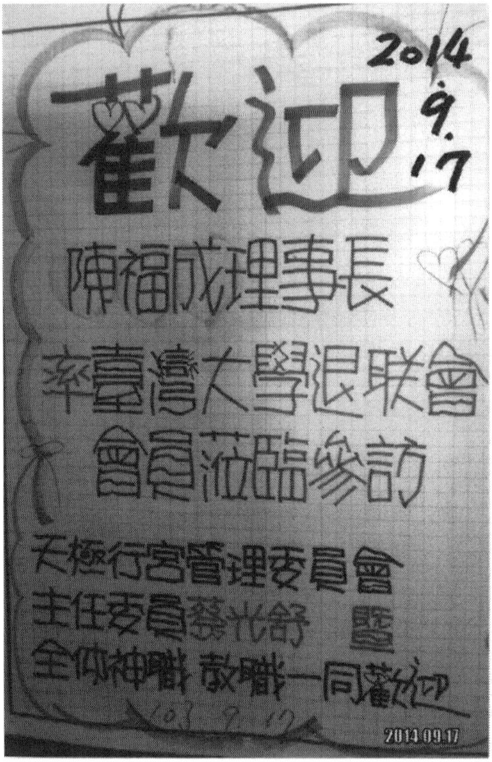

是哪一個上帝

基督教有上帝
天主教有上帝
天帝教的天帝
也是上帝
中國人古代沐浴淨身
以事上帝的上帝
萬教歸一
歸天帝教的上帝

上帝為何加持 中國統一

上帝的真道
就是中華文化
上帝不會眼看自己真道
被妖魔滅絕
去中國化
等於去上帝真道
上帝不准
故加持中國統一

中山、中正真人

中山真人，孫中山
中正真人，蔣中正
駐蹕天極行宮
二位真人生前對國家
有重大貢獻
大業未竟
現在以其無形力量
助天帝真道
完成中國之統一

上帝是中國人中國神（一）

你不信嗎
隨我乘時光列車
回到三千五百多年前
吾國之《詩經》時代
〈大雅〉篇
文王陟降，在帝左右
文王英靈往來上下
不離上帝左右
他和上帝同在的呀！

上帝是中國人中國神（二）

商之孫子，其麗不億
上帝既命，侯于周服
殷之未喪師，克配上帝
宜鑒于殷，駿命不易

商朝子孫，不止一億
上帝有命，臣服於周
商未亡時，亦事上帝
未能持恒，周引為鑒戒

上帝是中國人中國神（三）

厥初生民，時維姜嫄
生民如何，克禋克祀
以弗無子
履帝武敏，歆，攸介攸止
載生載育，時維后稷
誕彌厥月，先生如達
不坼不副，無菑無害
以赫厥靈，上帝不寧
不康禋祀，居然生子

上帝是中國人中國神（四）

姜嫄最初生周人
她虔誠祭祀
祈求生子
她不意踏到上帝的腳印
不久懷胎生子
取名后稷
母體無災是上帝顯靈
作為母親的姜源不安
未經人道居然生子

上帝是中國人中國神（五）

印盛于豆，于豆于登
其香始升，上帝居歆
胡臭亶時！后稷肇祀
庶無罪悔，以迄于今

我把祭品盛在豆和登
上帝聞到香味很高興
自從后稷開始敬拜上帝
從此周人禮拜不懈怠

中國人的上帝

啊！上帝
原來在吾國三代時期
你已是中國人的上帝
是你使姜嫄
未經人道生子
一千多年後，西方
《聖經》抄襲你的神蹟
天帝教的上帝
是中國人的上帝

證據 16：左營參訪拉法葉

相約在春天（一）

相約在春天
那夜，妳是那麼的希臘
早春的窗
望出一景寒意
稀疏的梅，只有
露水
滋潤的青葉欲滴

相約在春天（二）

相約在春天
那夜，百花如酒
妳是一瓶香純美酒
有妳，春天渲染成
春城無處不飛花
映了妳的腮紅
夏秋冬
都不來了

2010.09.11

相約在春天（三）

相約在春天
那夜，妳的笑顏
氾濫一座山
分泌出一泓放恣的春水
整夜是一谷沆溶的水聲
春日永駐
春風愛撫
好讓春暖映紅，紅了
妳兩頰的紅海

相約在春天（四）

相約在春天
我們共享的溫潤
溫熱的夜，使春天
一犯濫就不可收拾
溫存的深度
仍在吸納和蔓延
纏綿的濃度
溶成一池溫泉

相約在春天（五）

相約在春天
那天，愛俏的妳
引得春花招風喚蝶
整山是一壺春酒
一不小心醉成
一隻沉睡的蝴蝶
我一捏
狡黠的春色
在窗外偷窺

證據17：華國緣

當我們老在一起（一）

我們相聚
讓生態暖化
你給我快樂高興
我給你讚美安慰
看到你一切都好
沒有那裡壞掉
就可以老在一起

當我們老在一起（二）

我們相聚
老在一起
這裡走走
那裡吃吃
就叫往事去流浪
我們顧好自己
僅剩的江山
人生不外從這裡
走到那裡

當我們老在一起（三）

我們相聚
享受這黃昏美景
日正當中的燦爛
已走遠
不必挽留
太陽太烈承受不起
夕陽好美
晚風清涼

當我們老在一起（四）

我們相聚
為對抗時間的侵略
團結在一起
聚合戰力
我們把時間花了
有時用殺的
時間和人一樣
怕被殺了

當我們老在一起（五）

我們相聚
培養一種稀有生態環境
可以瞬間妙相生花
一朵花、兩朵花
三朵花……
每個人臉上兩朵花
大家圍坐成一個
花花世界

當我們老在一起（六）

我們相聚
還有更大目的
把銀子花了
因為銀子有重量
給人壓力
花掉又可遠離銅臭
讓生活處處
有花香味

曾經（一）

大風大浪曾想整你
被你馴服
邪魔曾要吃你
成了你的坐椅
你曾有宏大版圖
還有豐功偉業
曾經有的
都放下了
才有現在的清風明月

曾經（二）

我們曾經是一方領導
也曾在暗中摸索
我們點燈
照亮四方
過關斬將
如今刀鈍了
鈍的好
吾等已處處圓鈍
不傷眾生

證據18：文學的因緣

想入非非

曾有回眸一笑
我像中獎了
笑意在我心中開花
非非入想
愛非愛、情非情
無關風花雪月
因緣使花開

得獎感言

鐘老頒詩獎給我
我左思右想
到底是寫了什麼
而得獎
不外就是那些風風雨雨
再就是腦袋裡
放了很久的
一些微塵

非非入想

一種非非入想、思
細如微風吹
樹葉不許飄出漣漪
雲朵不可亂走
只一顆翻來覆去的心
非非不想思
依然是一種美麗
揮不去的幻覺

中國字難馴

屈原以來詩人多
大器者寡
為何
這方塊字
字字如獅如虎
如龍蛇鯨鷹
詩人馴字
窮一生能馴誰

我我（一）

我
是我
一個人
前世走來
如我再前世
千山獨行行者
你你我我同個樣
森羅世間人海茫茫
大家忙著奔向同目標

我我（二）

三千大世界俱是微塵
每粒微塵一個世界
所有故事不相同
誰知道我是誰
說我並非我
估且名我
問題多
都是
我

兩個山頭

兩個山頭
有所競爭
演出千古大夢
實踐未完的千秋大業
綠水長流不做夢
只是理想
藍天比山有抱負
土地胸懷三界
我們輸人不輸陣

兩個大老得獎

兩個文壇大老
是兩座不凡的山頭
他們一生的成就
說一座山是謙虛
出手的作品
大過三萬六千平方公里
他們理應得到
比山更大的獎

我真正的情人

我天生和中國字有緣
從小覺生握筆的快感
把方塊字當情人
和她談情說愛一輩子
打破人間愛情不長久的神話
至今我對我的文字情人
依然癡情
這愛，還談下去
直到天長地久

心有千千湖（一）

詩人之心
心有千千湖
湖之多如恒河沙
湖湖寬廣
深不可測
湖中寶物何其多
看他詩集一本本出
就清楚明白了

心有千千湖（二）

詩人之心
心有千千湖
各種顏色之水都有
湖中魚之外
各類物種
鳥語花香亦不在話下
他的湖
千變萬化
是四季畫卷

心有千千湖（三）

詩人之湖
是一汪活生生的精靈
太陽和漁火
輪流掌燈
亮照幽遠飄渺的詩意
精靈沉思
使得工廠運轉
湖湖生詩

春意

所有的感覺都會老去
為什麼回眸一笑
永不老去
老或不老，去與不去
於我
皆如春臨
喚醒我老去很久
今又再生的
春意

琴聲化緣

我以琴聲化緣
不化你的錢
只化你半兩情緣
如果你願意
再給出一兩慈悲心
我化緣
為你，不為我

和光陰談判

我們和一群光陰對坐
對立才是
他們兇巴巴的
我們策略採持久戰
以持久為法門
以和為貴
光陰慢下來
最好光陰不走
我們取得大勝利

你被今天吞食了嗎

小心！一早起床
你已被吃了一大塊
他持續吞食你
睡個午覺醒來
你被吞食過半
他就愛撕裂你的夢
到了晚上
你被今天全部吞食
今天大獲全勝

汝心荒蕪否

你停業多久了
不讀詩、不寫詩
何以行走江湖
心中長草比人長
遍地枯黃落葉
汝心荒蕪
快取秋水灌溉
大陽晒晒

孤

眾生皆孤
個個稱寡
早晨你到公園散步
池裡眾蛙呱呱……
他們說了什麼
告訴你
少數誦童詩
都在稱孤道寡

無題

關門、上床
寂靜悄悄敲孤——的
心頭
睡不著
起來寫童詩
寫半天
自己看不懂
有如天詩
只有天能懂

你的訊息（一）

賴上所知
太過簡化
化粧過的字詞
不見真實的你
如過濃的夜色
未見你發光
何不現身
一杯酒現真相

你的訊息（二）

雨敲打芭蕉
驚醒寂寞
遠處的你
心事會傳千里
你定是憂國憂民
憂國家未統一
故傷感
招來雨的哭泣

那夜，與妳一醉

細雨綿綿之夜
夜結成網
網住妳我
在網內不免一戰
往事瀟瀟如雨
隱居網內的日子
泡湯了
濕漉成這輩子的縮影

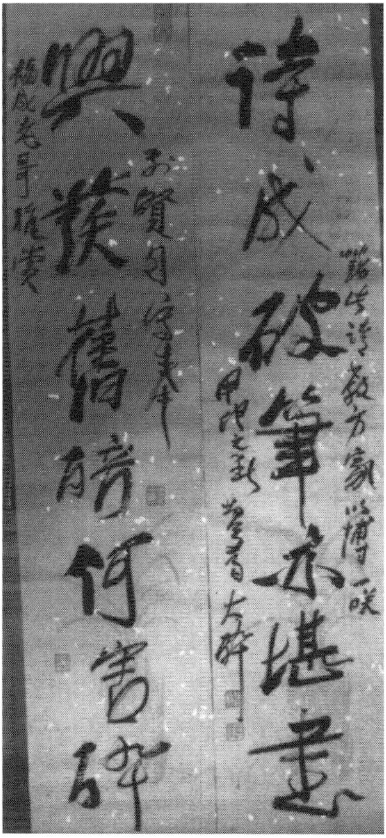

證據19：帶著吉他去流浪、北京

50年

50年了
這50年跑哪去
50年都在幹啥
如夢如幻
琴音似乎還在
50年
一去不回的50年
未來還有要留住
光陰，不准跑了

光陰，不准跑了

都怪自己
以前不懂、不愛惜
被光陰跑了50年
都沒感覺
未來絕不允許，我意
以後情人可以跑
銀子可以跑
光陰不准跑了
要緊緊的捉住

給你最浪漫唯美的

如果你願意
我擁你入懷
為你建造天地大的豪宅
藍天為帳幕
飛來白雲織綿被
蟬鳴鳥唱譜情歌
明月製成早餐
加一杯露水泡的咖啡
這是詩人給你
浪漫幸福的保證

琴聲沸騰汝心

《華文現代詩》五週年
頌獎典禮的現場
夯不起來
火點不燃
孤以吉他點火
歌聲沸騰眾人的心
一時現場風雲起
嗨翻了天

遠足・唱歌

好想去遠足
重溫年少的夢
歌太老
氣氛很年輕
還是嗨翻了茶園
論證一件事
夢或理想
與年紀無關
老友，我們嗨吧

我的詩屋（一）

我的金屋
是我的詩屋
夢想構築一座詩屋
研究計劃很久
終於定案
詩屋要華麗
更要宏偉
花大錢是要的

我的詩屋（二）

這是我的春秋大業
想想，一座詩屋
太小氣了
至少要幾十座
仍至百座
才見宏偉
才足以典藏我一生
全部如詩的腳印
孤，決心全力以赴

我的詩屋（三）

孤，是玩真的
五十年磨劍
不能白做工
台灣前50大圖書館
大陸前百大圖書館
已是我的詩屋
典藏我一生愛恨情仇
不信去查查

我的詩屋（四）

在海峽兩岸中國
我的各大詩屋
除了典藏我的愛恨情仇
典藏我的美麗與鄉愁
典藏我的三世因緣
這幾張彈吉他的身影
當然也是各館展品
孤，會永久
駐蹕在各大詩屋

我歌（一）

彈吉他唱歌
不化緣
只以琴歌與你交心
琴與歌
聽聞你的孤寂
把孤寂從胸中轟出
夯翻天
天，就屬於你的

我歌（二）

唱歌
乃養生大法
歌聲的營養
ABCD……
歌聲能改變顏色
黑色和灰色聽我琴歌
都變五彩繽紛
歡笑、快樂和健康
隨歌而來

宮內寶物何在

宮內有很多寶物
都是五千年
鎮國之寶
在一場兄弟之爭
輸的那方
搬走了寶物
以為可以搬走中國
大家來尋寶
使物歸原主

北京（一）

一個北京
中國的縮影
烈祖烈宗留下
五千年腳印
黃帝戰蚩尤
樊於期割下自己頭贈友
桃園三結義
黃金臺、高漸離……
啊！北京，你是
中國文明文化的領導

北京（二）

千年神州浪潮
六百年京華風雲
都由北京領銜主演
放眼未來
中國人的世紀
完成統一
實踐中國夢
全球中國化
仍須北京領導

北京（三）

地球人都在找路
有路有前途
無路只有死
以前條條大道通羅馬
廿一世紀翻了天
地球改向東轉
中國人翻天了
條條大道改通北京

北京（四）

找尋一輩子
打著燈籠找
找一條路
一條通向統一之路
我在北京走一回
總算看到一條路
崛起的中國正在
通向統一

證據20：許多證據的起點

一生的盟約

我青春正茂時
到處尋路
要找一條正確的路
不意在鳳山
訂下一紙盟約
此後一輩子
我依約行事

夢回鳳山

沒媽的孩子
三更半夜有人哭叫媽咪
排長聽不見
連長不想聽
最高領袖聽不到
未成的大業存在詩句
半個世紀來
我常夢回鳳山

戀上革命

愛，讓人瘋狂
現在我們愛上革命
為革命而生
為革命而死
也瘋狂
有如累世的情緣
戀戀於統一大業
誓以一生追隨和實踐
為生命存在的意義

洄游鳳山

想起鳳山軍校七年
我就變成鮭魚
游過大海
游過平原山丘
到了高雄
聞到鄉愁味道
鮭魚努力急竄
鳳山到了

用心走到鳳山

人老了
兩腿沒力
乾脆用心走路
用心走路比高鐵快
不意竟就站在
中正圖書館前
走過化龍橋
去看看當年留下的
腳印

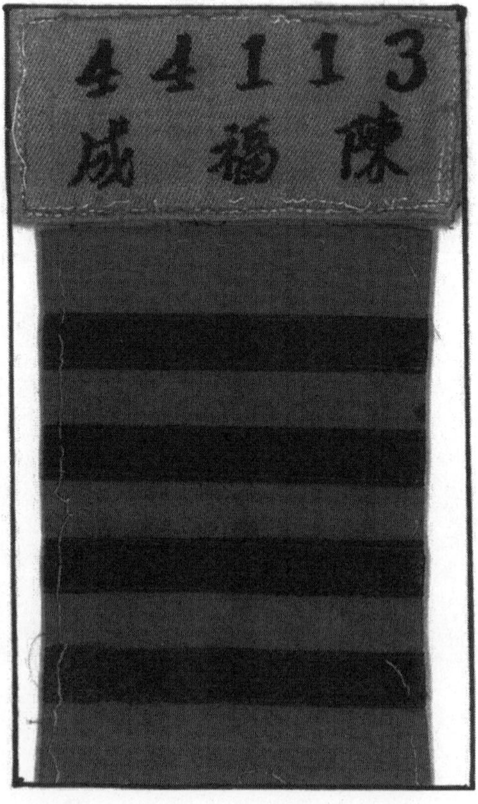

功業在心

反攻大陸，北伐統一
半生功業，盡存於心
響澈雲霄大戰略
在嘴巴中完成
忖度諸法皆空之際
悟三界唯心
凡事，有心就好

比北伐更難的事業

大業難竟
眼看著機會
就要接近零
我不想白做工
投入一種比
北伐統一更艱難的事業
文學詩歌創作
光要領導一些字
比領導50萬大軍難

以詩統一中國（一）

前人思考種種策略
反攻大陸，不成
以三民主義統一中國
只是神話
和統或武統喬不弄
一國兩制相持不下
不如我以詩統一中國
在詩中，中國已經統一
兩岸未死一人

以詩統一中國（二）

檢驗真理唯一的方法
是實踐
檢驗以詩統一中國
俱有普遍性、不變性
兩岸詩人都用中國字
寫中國詩
加速以詩統一中國
是中國詩人
此生存在的最大價值

人生最大價值

鷹最大的價值
是剪破天空
醉鬼的價值是酒
蛾最大的人生價值
是撲火
磒石最大的價值
是撞地球
你人生最大的價值
是什麼？

別輕視石頭

頑石會點頭
怎不會釀酒
無情能說法
石頭會講經
以前也用石頭補天
所以我等
不可輕視石頭

葉上一滴露（一）

人的一生
就這一丁點兒
轉來轉去
從這裡轉到那裡
此岸到彼岸
霎時就消散了
無影無蹤

葉上一滴露（二）

生命就如這
葉上一滴露
瞬間就轉世了
我知道
我的一滴露
在走過中陰身後
滴露化成
來世的蓮花

地底下生活的日子

回憶那些年
成了地下工作人員
——在武揚坑道
晚餐後到墳場
與先烈聊天
——在太武山公墓
身旁朋友除先烈外
有黑暗和孤寂

沉思代激情

當年那些激情
把一座山翻轉了
巫山之雲一夜不散
巫山之雨數夜不停
很想再複製
喚醒激情
構思一首詩
激情在詩
夯翻了天

婚姻

婚姻專家都說
結婚不是一加一等於二
結婚是0.5加0.5等於一
依我四十年檢驗
應是0.4加0.4等於0.8
或要再減
這嚇死現在年輕一代
不戀、不婚、不生

證據21：一切有爲法

如是我聞

如是我聞，一時
我在南蠻小島孤獨園
詩寫這一世同路人證據
回顧此生，正如
《金剛經》所述
一切有為法，如夢幻泡影
如露亦如電，應作如是觀
我今再率書影中人
旅行《金剛經》的世界
再悟佛言

降伏其心

一顆心，幾十年來
總是七上八下
每一分鐘　在
四聖六凡進進出出
善男子，善女子
發阿耨多羅三藐三菩提心
應如是住
如是降伏其心

不能有四相分別

一路走來，以相取人
相在好惡中
榮華富貴，就看
一頂帽子的長相
有錯嗎？須菩提
若菩薩有我相、人相
眾生相、壽者相
即非菩薩
讓我們破除一切相吧

應無所住

我們這顆心
到底要住在哪裡
豪宅、財富、愛情……
酒色財壽……
窮一生去追求
須菩提，菩薩於法
應無所住行於布施
不住色聲香味觸法
施主，你住哪裡？

怎樣能見如來

我等一路走來
求菩薩示現
請如來現前，到處尋佛
有誰看見或尋到了
如來所說身相，即非身相
凡所有相，皆是虛妄
若見諸相非相，即見如來
施主，你看見了嗎？

應當捨去什麼

人生來難分難捨
金銀財寶情愛那能捨
捨真理信仰更難
莫作是說
若取法相，即著四相
若取非法相，亦著四相
如筏喻者，法尚應捨
何況非法
有誰過了河，還揹著船？

生清淨心

濁惡世界，何來清淨
紅塵怎生白蓮花
佛告須菩提
諸菩薩摩訶薩應如是生清淨心
不應住色生心
不應住聲香味觸法生心
應無所住而生其心
朋友，你住哪裡？

福德多少

許多人都在種福田
做善事，積福德
到底福德有多少？
有人以《金剛經》四句偈
受持並為他人説
其福德勝前福德
大家都來宣説四句偈

世界、非世界

我們活在一個世界
世界是真的，現在
明天呢？
如來說世界，非世界
是名世界
我的世界還在
你的世界呢
吾等所見都是
假相世界
你看所有的民主選舉

離一切相

我等有相
相框住了一切
框住了體
要設法不被相框
是故須菩提
菩薩應離一切相
發菩提心
應生無所住心

不可思議的功德

宇宙間有何
不可思議功德
若有便是受持《金剛經》
是經
如來為發大乘者說
為發最上乘者說
若有人能受持讀誦
廣為人說，如來悉知是人
悉見是人
皆得成就不可量

發心

常常聽到有人發心
到底心要怎樣發
佛告須菩提
當生如是心
我應滅度一切眾生
滅度一切眾生已
而無有一眾生實滅度者
無我相、無人相
無眾生相、無壽者相

無我度生

眾生是你度的嗎？
若作是言
「我當滅度無量眾生」
即不名菩薩，何以故
實無有法名為菩薩
是故佛說一切法無我
無人、無眾生、無壽者
若菩薩通達無我法者
如來說名真是菩薩
凡夫！何時能「無我」？

我們的心是什麼心

心佛眾生三無差別
朋友，你的心是佛心嗎
佛告須菩提
所有眾生若干種心
如來悉知，如來說諸心
皆為非心，是名為心
過去心不可得
現在心不可得
未來心不可得

你的色身是幻相

說了你不相信
你的色身是幻相
因緣和合而有
緣盡又無

世間萬相皆是
如來說具足色身
即非具足色身
是名具足色身
吾等假合
須以真實用之

大家不要謗佛

謗佛的罪可大了
說如來有所說法，即為謗佛
佛告須菩提
說法者，無法可說
是名說法
那麼，說地心引力是牛頓法
即為謗牛頓

眾生即非眾生

我們不就是眾生嗎
怎說非眾生
聽佛怎麼說
佛告須菩提
彼非眾生，非不眾生
眾生眾生者
如來說非眾生，是名眾生
原來眾生也是假名
眾生即佛

無得而修

佛得無上正等正覺
是真無所得乎
佛言，都無所得
得者，因有失也
本無所失
何來有得
無上正等正覺之名
乃指覺悟自性
不是有所得

正等正覺

平等，沒有高下分別的法
是無上正等正覺
眾生無我相、無人相
無眾生相、無壽者相
修持一切善法
可悟得無上正等正覺
善法也是因緣和合假相
不可執著
言善法者，
如來説即非善法，是名善法

凡夫

凡夫非凡夫
一切凡夫都有如來智慧
凡夫與佛平等
故凡夫非凡夫
只因一時隨逐妄緣
未能了悟
暫時假名為凡夫
凡夫者
如來說即非凡夫，是名凡夫

法身非相

大家都在尋佛
希望見到佛
但佛說偈言
若以色見我，以音聲求我
是人行邪道，不能見如來
佛身是法身
佈滿宇宙虛空中
無所不在
你看見了嗎

為善不欲人知

這是中國人的哲學
佛法亦如是
菩薩行利益眾生事
發菩提心
不貪求福德
心無計較福德妄念
故說菩薩不受
福德相的限制

此生無來無去

一輩子來來去去
奔走茫忙盲
現在才知道
人生本無來去
佛言，如來者
無所從來，亦無所去
故名如來
朋友，你還
來來去去嗎？

三千大世界

原來，三千大世界
也是假的
如來所說三千大世界
即非世界，是名世界
若世界實有者
即是一合相，不可說
凡夫之人貪著其事
世界都是假相
你是真有嗎？

所見皆虛妄

你所見眾生
個個都有高見
且執著所見
佛說，我見、人見
眾生見、壽者見
都是虛妄不實的
隨緣而立的假名
吾等應少說多聽
免落於妄言

一切有為法

數十年來所見這世界
如佛所言
一切有為法，如夢幻泡影
如露亦如電，應作如是觀
過去、現在、未來
皆不可得
把握當下，活得快樂
最為實在，其他隨緣

神秘花園（一）

一花一世界
每一朵花
是神秘花園
私藏於每人心中
少有人知曉
只有以愛為
守門密碼
才能共享花園

神秘花園（二）

一葉一如來
每一葉都是神秘花園
園中群蜂蝴蝶
深情款款
迷離的眼神
都是縹緲的春意
每個微笑
自有江山

有你真好

在因緣大海中
是哪一世種下的因
竟被一陣浪潮
沖聚在共同的神秘花園
我們一起玩
一起夯
今後千山不獨行
有你真好

彩色花園

相聚就有春意
蜂和蝶很快都醉了
醉在春意懷裡
各種風雨聲
在各家嘴裡
轟轟隆隆
半醉未醉的花朵
在杯盤狼藉中婷立
嬌燦依舊

無色的世界

這裡是無色的世界
色即是空
這世界也是空的
色，成為一種稀有
更為珍貴
有色，大家都想要
若是彩色
吾等發動政變
用搶的

山，往生了

許多的山
活得健康壯麗
不料
胸前大樹被砍走了
百花青草被當廢物
不合經濟
全部除掉
山遍體都是傷
有山，往生了

溪流，往生了

溪流本是我的童玩
和我一同成長
山河有飄逸的長髮
現在溪流都
得了癌症
成了臭水溝
絕大多數溪流
都往生了

四季往生了

以前四季分明
個個活潑自在
現在地球生氣了
四季往生
眾生皆迷途
地球生氣
生命沒了生氣

仁義道德往生了

南蠻這小島
中了胎毒
許多人在胎裡已被毒化
由妓女土匪統治
仁義道德往生了
現有韓流
要叫仁義道德
起死回生
有可能嗎
給人民一絲希望

你們還在人間

徽因（音），妳走了
妳美的傳奇還在
志摩，你走了
你愛的傳奇還在
你們都還活在人間
許多人常念著你倆
在我詩文中，無數次
與兩位神交

地球快往生了

土地都中了毒
大海一肚子都是毒
水源不會獨自清澈
空氣不可能獨善其身
生命已毒化
地球成一顆毒球
俺俺一息
就快往生了

隨業流轉的生命（一）

不經意的來了
時間長大
有許多山頭
我們仍在無明中漂流
漂流中找樂子
孤寂中漂流
不知漂向哪裡

隨業流轉的生命（二）

丟不掉的山頭
甩不去的風雲浪潮
讓我們在大海裡
浮沉
那些夢幻泡影的記憶
如露甜蜜
早已緣去
成為三千大世界
一粒微塵

隨業流轉的生命（三）

我們持續在大海裡
漂流、浮沉
未遇盲龜
只見世間男女
把時間拉長
把空間擴張
而我們隨業流轉
只種好因好緣
其他不管

50年前後

這是50年前
宇宙還很年輕
有遠大志向
我們高喊
反攻大陸、解救同胞
誰知50年後
王師將來征討偽政權
同胞救我

地球真要往生了

大科學說了
再二百年地球要往生
我心算，地球
正好五十億歲大壽
真是福壽雙全
祝福地球佬
一路好走
永在西方極樂清修
別再來人間了

隨業流轉

走向哪裡
不管
走到何時
才不管
還走多遠
更不管
只管沿途賞花看月
其他、一切
隨業流轉

陳福成著作全編總目

㊶為中華民族的生存發展進百書疏
㊷金秋六人行
㊸漸凍勇士陳宏

捌、小說、翻譯小說

㊹迷情・奇謀・輪迴、
㊺愛倫坡恐怖推理小說

玖、散文、論文、雜記、詩遊記、人生小品

㊻一個軍校生的台大閒情
㊼古道・秋風・瘦筆
㊽頓悟學習
㊾春秋正義
㊿公主與王子的夢幻、
(51)洄游的鮭魚
(52)男人和女人的情話真話
(53)台灣邊陲之美
(54)最自在的彩霞
(55)梁又平事件後

拾、回憶錄體

(56)五十不惑
(57)我的革命檔案
(58)台大教官興衰錄
(59)迷航記、
(60)最後一代書寫的身影
(61)我這輩子幹了什麼好事
(62)那些年我們是這樣寫情書的
(63)那些年我們是這樣談戀愛的
(64)台灣大學退休人員聯誼會第九屆理事長記實

拾壹、兵學、戰爭

(65)孫子實戰經驗研究
(66)第四波戰爭開山鼻祖賓拉登

拾貳、政治研究

(67)政治學方法論概說
(68)西洋政治思想史概述
(69)中國全民民主統一會北京行
(70)尋找理想國：中國式民主政治研究要綱

拾參、中國命運、喚醒國魂

(71)大浩劫後：日本 311 天譴說
日本問題的終極處理

拾肆、地方誌、地區研究

(72)台大逸仙學會
(73)台北公館台大地區考古・導覽
(74)台中開發史
(75)台北的前世今生
(76)台北公館地區開發史

拾伍、其他

(77)英文單字研究
(78)與君賞玩天地寬（文友評論）
(79)非常傳銷學
(80)新領導與管理實務

2015 年 9 月後新著

編號	書　　名	出版社	出版時間	定價	字數（萬）	內容性質
81	一隻菜鳥的學佛初認識	文史哲	2015.09	460	12	學佛心得
82	海青青的天空	文史哲	2015.09	250	6	現代詩評
83	為播詩種與莊雲惠詩作初探	文史哲	2015.11	280	5	童詩、現代詩評
84	世界洪門歷史文化協會論壇	文史哲	2016.01	280	6	洪門活動紀錄
85	三搞統一：解剖共產黨、國民黨、民進黨怎樣搞統一	文史哲	2016.03	420	13	政治、統一
86	緣來艱辛非尋常－賞讀范揚松仿古體詩稿	文史哲	2016.04	400	9	詩、文學
87	大兵法家范蠡研究－商聖財神陶朱公傳奇	文史哲	2016.06	280	8	范蠡研究
88	典藏斷滅的文明：最後一代書寫身影的告別紀念	文史哲	2016.08	450	8	各種手稿
89	葉莎現代詩研究欣賞：靈山一朵花的美感	文史哲	2016.08	220	6	現代詩評
90	臺灣大學退休人員聯誼會第十屆理事長實記暨2015～2016 重要事件簿	文史哲	2016.04	400	8	日記
91	我與當代中國大學圖書館的因緣	文史哲	2017.04	300	5	紀念狀
92	廣西參訪遊記（編著）	文史哲	2016.10	300	6	詩、遊記
93	中國鄉土詩人金土作品研究	文史哲	2017.12	420	11	文學研究
94	暇豫翻翻《揚子江》詩刊：蟾蜍山麓讀書瑣記	文史哲	2018.02	320	7	文學研究
95	我讀上海《海上詩刊》：中國歷史園林豫園詩話瑣記	文史哲	2018.03	320	6	文學研究
96	天帝教第二人間使命：上帝加持中國統一之努力	文史哲	2018.03	460	13	宗教
97	范蠡致富研究與學習：商聖財神之實務與操作	文史哲	2018.06	280	8	文學研究
98	光陰簡史：我的影像回憶錄現代詩集	文史哲	2018.07	360	6	詩、文學
99	光陰考古學：失落圖像考古現代詩集	文史哲	2018.08	460	7	詩、文學
100	鄭雅文現代詩之佛法衍繹	文史哲	2018.08	240	6	文學研究
101	林錫嘉現代詩賞析	文史哲	2018.08	420	10	文學研究
102	現代田園詩人許其正作品研析	文史哲	2018.08	520	12	文學研究
103	莫渝現代詩賞析	文史哲	2018.08	320	7	文學研究
104	陳寧貴現代詩研究	文史哲	2018.08	380	9	文學研究
105	曾美霞現代詩研析	文史哲	2018.08	360	7	文學研究
106	劉正偉現代詩賞析	文史哲	2018.08	400	9	文學研究
107	陳福成著作述評：他的寫作人生	文史哲	2018.08	420	9	文學研究
108	舉起文化使命的火把：彭正雄出版及交流一甲子	文史哲	2018.08	480	9	文學研究
109	我讀北京《黃埔》雜誌的筆記	文史哲	2018.10	400	9	文學研究
110	北京天津廊坊參訪紀實	文史哲	2019.12	420	8	遊記
111	觀自在綠蒂詩話：無住生詩的漂泊詩人	文史哲	2019.12	420	14	文學研究

12	走過這一世的證據：影像回顧現代詩集	文史哲	2020.06	580	6	詩、文學
13	這一是我們同路的證據：影像回顧現代詩題集	文史哲	2020.06	540	6	詩、文學
14	感動世界：感動三界故事詩集	文史哲	2020.06	360	4	詩、文學
15	印加最後的獨白：蟾蜍山萬盛草齋詩稿	文史哲	2020.06	400	5	詩、文學

陳福成國防通識課程著編及其他作品

（各級學校教科書及其他）

編號	書　　　名	出版社	教育部審定
1	國家安全概論（大學院校用）	幼　獅	民國 86 年
2	國家安全概述（高中職、專科用）	幼　獅	民國 86 年
3	國家安全概論（台灣大學專用書）	台　大	（臺大不送審）
4	軍事研究（大專院校用）	全　華	民國 95 年
5	國防通識（第一冊、高中學生用）	龍　騰	民國 94 年課程要綱
6	國防通識（第二冊、高中學生用）	龍　騰	同
7	國防通識（第三冊、高中學生用）	龍　騰	同
8	國防通識（第四冊、高中學生用）	龍　騰	同
9	國防通識（第一冊、教師專用）	龍　騰	同
10	國防通識（第二冊、教師專用）	龍　騰	同
11	國防通識（第三冊、教師專用）	龍　騰	同
12	國防通識（第四冊、教師專用）	龍　騰	同
13	臺灣大學退休人員聯誼會會務通訊	文史哲	
14	把腳印典藏在雲端：三月詩會詩人手稿詩	文史哲	
15	留住末代書寫的身影：三月詩會詩人往來書簡殘存集	文史哲	
16	三世因緣：書畫芳香幾世情	文史哲	

註：以上除編號 4，餘均非賣品，編號 4 至 12 均合著。
　　編號 13　定價 1000 元。